Dr. med. Detlef Pape • Dr. med. Rudolf Schwarz • Elmar Trunz-Carlisi • Gabriele Heßmann • Helmut Gillessen

Köpenick

SCHLANK IM SCHLAF

Der 4-Wochen-Power-Plan

D1933107

Mit Power zum Wunschgewicht

So wird Ihr Power-Plan ein Erfolg 20

Zum Nachschlagen

Nichts wie rein in Ihre Power-Wochen

Sportlich powern nach Plan

Vier Power-Wochen für ein schlankeres Leben!

Kennen Sie Menschen, die noch nie versucht haben mit einer Diät abzunehmen? Die Wahrscheinlichkeit ist eher gering. Denn 70 bis 80 Prozent aller Frauen und immerhin 20 bis 30 Prozent aller Männer in Deutschland haben mindestens einen Diätversuch hinter sich. Noch seltener findet sich jemand, der mithilfe einer Diät nicht nur abgenommen, sondern danach auch langfristig sein neues Gewicht gehalten hat. Denn um welche Diätmethode es sich auch gehandelt hat, meist hält die »Zeit der Leichtigkeit« nicht sehr lange an. Es ist Frust pur, wenn das hart erkämpfte und erhungerte Wunschgewicht wieder den alten Pfunden Platz macht und wenn nicht selten sogar noch ein paar mehr dazukommen …

Trotzdem ist ein Großteil der mehr oder weniger Übergewichtigen auf der Suche nach Alternativen, die endlich halten, was alle so gern versprechen: Abnehmen, ohne dass Körper und Seele Schaden nehmen. Jünger und fitter aussehen und das neue Gewicht langfristig zu halten.

Mit dem Power-Plan haben Sie gefunden, was Sie suchen. Denn hinter dem provokanten Titel »Schlank im Schlaf« verbirgt sich keine neue Wundermethode, die dann doch nicht hält, was sie verspricht. Das Schlank-im-Schlaf-Prinzip basiert auf der Insulin-Trennkost – das Ergebnis internationaler Studien, deren Ergebnisse in Deutschland weiterentwickelt und verfeinert wurden: In nur 12 Jahren haben im

Übergewichts- und Adipositaszentrum des Internisten und Ernährungsmediziners Dr. Detlef Pape über 4000 übergewichtige Menschen zusammen mehr als 30.000 Kilogramm abgenommen. Parallel dazu wurden die Ernährungs- und Bewegungsprogramme in einer groß angelegten Studie an den Mitarbeitern der Stadtwerke Köln getestet.

Sie haben nun die Quintessenz dieser Studien vor sich: In diesem Buch erfahren Sie, wie Sie mit der Insulin-Trennkost Ihre Ernährung an die Bedürfnisse Ihres Körpers und seinen Biorhythmus anpassen. Wie Sie Ihre Ernährung und Bewegung so in den Tagesablauf einbauen, dass Sie mithilfe Ihrer Hormone tatsächlich im Schlaf schlank werden. Wie Sie durch Sporteinheiten Ihrem Körper helfen, seine Fettdepots abzubauen und parallel dazu neue Muskelmasse aufzubauen.

All das ist keine Hexerei. Es beruht vielmehr auf einem perfekt abgestimmten Zusammenspiel von idealer Ernährung und aufeinander aufbauenden Bewegungseinheiten. Steigen Sie für die nächsten vier Wochen in dieses Programm ein! Damit Sie sich von der Wirksamkeit des Schlank-im-Schlaf-Prinzips überzeugen können, ohne sich gleichzeitig mit viel Hintergrundwissen zu belasten, haben wir den Power-Plan entwickelt. Er begleitet Sie Tag für Tag, Schritt für Schritt mit leckeren Rezepten, Bewegungseinheiten, Tipps und Infos zu Motivation und Entspannung durch vier Wochen, in denen Sie Fett verlieren und Muskeln zulegen werden. In denen sich Ihr Wohlbefinden und Körpergefühl verbessern wird – und nach denen Sie wahrscheinlich weitermachen möchten …

Wir wünschen Ihnen einen guten Einstieg in vier Wochen, die Ihnen gut tun werden, in denen Sie sich satt essen können und dabei abnehmen – und in denen Sie garantiert nichts vermissen werden. Viel Vergnügen beim Schmökern, Schlemmen und natürlich beim Abnehmen wünscht Ihnen

Ihr Schlank-im-Schlaf-Autorenteam

DIE AUTOREN

DR. MED. DETLEF PAPE ist Facharzt für innere Medizin mit eigener Praxis in Essen. Er hat seit 1993 eine Adipositas-Schwerpunktberatung mit strukturiertem Diätprogramm und entdeckte im Rahmen seiner Arbeit die zentrale Bedeutung von Insulin als »Fettmasthormon«.

DR. MED. RUDOLF SCHWARZ ist Facharzt für innere Medizin und Arbeitsmedizin, Ernährungsmediziner und Psychotherapeut. Seit 2004 leitet er den betriebsärztlichen Dienst der Stadtwerke Köln GmbH. Außerdem gibt er Seminare im Bereich der ganzheitlichen Präventions- und Ernährungsmedizin.

ELMAR TRUNZ-CARLISI ist Sportwissenschaftler und leitet das Institut für Prävention und Nachsorge in Köln. Er ist Experte für Gesundheitssport und Fitness und veröffentlichte bereits viele Beiträge in Publikums- und Fachzeitschriften und in Buchform sowie im Rundfunk und Fernsehen.

HELMUT GILLESSEN arbeitet bei der RheinEnergie AG im Bereich Personal und Organisation. Er joggt seit 20 Jahren und gibt seine Erfahrungen in Vorträgen weiter. Gemeinsam mit Dr. Schwarz gab er den Impuls für eine große, erfolgreiche Fitnessinitiative für die Mitarbeiter der Stadtwerke Köln.

GABRIELE HESSMANN studierte Germanistik und Anglistik. Anschließend war sie lange Zeit als Redakteurin für Kochen, Ernährung und Gesundheit bei mehreren Verlagen tätig. Heute schreibt sie als selbstständige Journalistin unter anderem zu den Themen Kochen und Gesundheit.

Ein Plan, der mit Power zum Wunschgewicht führt

Viele Menschen träumen davon, endlich ihr Wunsch- und Wohlfühlgewicht zu erreichen – und dabei doch so viel und vor allem so Leckeres essen zu dürfen, dass das Leben noch Spaß macht. Denn wer seit Jahren versucht, mithilfe verschiedener Diätformen seine überflüssigen Pfunde loszuwerden, kennt das Problem: Unter einer strikten Diät leiden meist nicht nur die eigenen Nerven, sondern das gesamte Umfeld, etwa Familie, Freunde und Kollegen. Ganz zu schweigen vom Jo-Jo-Effekt, der nach der Diät so gut wie immer zuschlägt und auf ein kurzes Erfolgshoch ein sehr tiefes Tief folgen lässt …

Kein Leben ohne Nahrung

»Klar«, denken Sie jetzt bestimmt, »wer nichts isst, hat irgendwann schrecklichen Hunger und kann sogar verhungern. Doch wer abnehmen möchte, muss eben auf einen Teil der gewohnten Nahrung verzichten.« Natürlich haben Sie damit Recht, zumindest was Hungerkuren angeht.

Doch unsere Nahrung ist nicht nur deshalb wichtig, damit wir nicht verhungern, sondern auch damit wir gesund bleiben – und möglichst lange leben. Denn unser Organismus ist ein fein abgestimmtes System, das nur dann reibungslos funktioniert, wenn nicht nur die Menge, sondern auch die Zusammensetzung der Nahrung stimmt. Dies spielt außerdem eine wichtige Rolle, wenn unser Körper etwas von seinem Fett hergeben soll.

Billionen von Zellen wollen versorgt sein

Unser Körper besteht aus einer unvorstellbaren Anzahl von Zellen – insgesamt über 70 Billionen –, deren zahlreiche Funktionen allesamt von unserem Überlebenszentrum im Stammhirn gesteuert werden.

All diese unterschiedlichen Arten von Zellen können nur dann funktionieren und perfekt zusammenarbeiten, wenn gewisse Rahmenbedingungen stimmen: So muss sich die Körpertemperatur in einem optimalen Bereich von 36 bis 37 °C bewegen, damit alle Vorgänge im Organismus und damit in den Zellen reibungslos ablaufen können. Hinzu kommt, dass alle Zellen im Körper zuverlässig mit vielfältigen Nährstoffen versorgt werden müssen. Denn sie können ihre Aufgaben nur dann erfüllen, wenn sie rund um die Uhr mit den richtigen Baustoffen und Energieträgern beliefert werden. Diese müssen wir dem Körper durch die Nahrung regelmäßig in ausreichender Menge und in ausgewogener Zusammensetzung zuführen.

Dem Körper alles geben, was er braucht

Wenn unser Körper über längere Zeit mit zu wenig Nährstoffen und zu wenig Flüssigkeit versorgt wird, verhungern und verdursten wir, da die Zellen im Körper ihre zahlreichen Aufgaben nicht mehr erfüllen können und nach und nach sämtliche Muskeln abgebaut werden. Also essen und trinken wir – um zu überleben. Doch wenn es ans Abnehmen geht, wird das Ganze etwas komplizierter. Denn unser Körper soll ja auch dann noch reibungslos funktionieren, wenn wir versuchen, überflüssige Fettpolster zu verlieren.

Wer seinem Körper nicht alles gibt, was dieser täglich braucht, wird krank. Zum Glück gibt es eine Methode, mit der wir abnehmen können und bei der unser Körper trotzdem alle lebenswichtigen Nährstoffe bekommt. Dabei geht es nicht vorrangig darum, sich das Essen zu verkneifen.

Viel sinnvoller als zu hungern ist es, sich ohne lästiges Kalorienzählen gesund satt zu essen und dabei abzunehmen, ohne dass der Grundumsatz des Körpers auf »Notzeiten« umgestellt, das heißt auf einen niedrigeren Energiebedarf heruntergefahren wird. Dann würden Sie zwar weniger Kalorien zu sich nehmen, Ihr Körper würde aber gleichzeitig entsprechend weniger verbrauchen. Genuss und Freude am Essen sind außerdem ganz wichtig dafür, dass Sie Ihre neue, »schlanke« Ernährung auch wirklich beibehalten.

Sie möchten erfolgreich auf gesunde und genussvolle Weise abnehmen und schlank bleiben. Im Mittelpunkt steht dabei, die Ernährung auf intelligente Art und Weise umzustellen, sodass die Zellen des Körpers aktiviert werden und der Fettstoffwechsel angekurbelt wird.

Das Prinzip der in diesem Buch vorgestellten Insulin-Trennkost entspricht all diesen Vorgaben in idealer Weise. Seine Wirksamkeit beruht darauf, wie Hunger, Hormone und unser Tag-und-Nacht-Rhythmus funktionieren.

So funktioniert das Schlank-im-Schlaf-Prinzip

Die Weltbevölkerung wird im Durchschnitt immer dicker, sodass es heute erstmals mehr übergewichtige als Hunger leidende Menschen gibt. Dabei betrifft Übergewicht die Menschen im Osten wie im Westen, im Norden wie im Süden gleichermaßen. Besonders erstaunlich ist es, dass gerade Bevölkerungsgruppen, die seit jeher als zäh und schlank bekannt waren, heute ebenfalls Speck ansetzen und ebenso wie ihre Leidensgenossen in den westlichen Wohlstandsgesellschaften dick werden. Woran liegt das? Heute weiß man aufgrund neuer Forschungen, dass die Ursachen in den genetischen Anlagen zu finden sind, zu denen das moderne Nahrungsangebot nicht passt. Hinzu kommt der weit verbreitete Bewegungsmangel.

Heute noch ein Stoffwechsel wie zu Urzeiten

Unser Stoffwechsel ist so veraltet, dass er mit der modernen Nahrungsmischung nicht mehr klarkommt. Ein Blick zurück macht den Zusammenhang deutlich.

Über zwei Millionen Jahre lang haben wir Menschen alles, was einigermaßen essbar war beziehungsweise was sich ohne große Hilfsmittel fangen ließ, gegessen. Wir lebten von der Hand in den Mund, ernährten uns von pflanzlicher Nahrung wie Wildgemüse, Nüssen, Wurzeln, Pilzen, Samen, Beeren und anderem wild wachsendem Obst. Ergänzt wurde dieser – vor allem in den Wintermonaten sehr karge – Speiseplan durch Fische, Insekten, Reptilien und kleine Säugetiere. Das Angebot an tierischem Eiweiß war begrenzt, außer wenn große Raubtiere zu viel Beute gemacht und etwas davon liegen gelassen hatten.

Abgelöst wurde diese Phase der Zufallsangebote von einer Epoche, in der die Menschen aktiver wurden und sich selbst – mit primitivsten Mitteln – auf die Jagd nach Fleisch machten. Das wurde dann so gut wie immer roh verzehrt. Dazu gab es die übliche Mischung von dem, was die Natur an Pflanzlichem zu bieten hatte. Das alles ergab einen Mix aus hochwertigem tierischem Eiweiß und sehr ballaststoffreichen, unbehandelten pflanzlichen Lebensmitteln.

Fettdepots für Notzeiten

Diese Art der Ernährung prägte den Körperbau und den Verdauungstrakt des Menschen: Er lief auf der Suche nach Nahrung täglich zwischen 20 und 30 Kilometern und verfügte deshalb über eine auf Ausdauer ausgerichtete Muskulatur, die viel Fett verbrannte. Sein Körper war auf den Rhythmus von Bewegen, Hungern und Sattsein durch das Erbeuten von möglichst viel tierischem Eiweiß, aber wenig Kohlenhydraten und Fetten eingestellt. Da – gerade in den Wintermonaten – die Nahrungssuche äußerst schwierig war, entwickelte der menschliche Körper damals eine Art Fettsparmechanismus, der in schlechten Zeiten das Überleben sichern musste: In guten Zeiten verwertete er überschüssige Energiereserven, indem er sie in Form von Fett speicherte. Während der Hungerzeiten wurden diese Fettdepots aktiviert und für Bewegung und Körperwärme aufgezehrt.

Ohne Nahrungszufuhr kann ein Mensch nur wenig länger als zwei Monate überleben. Der Grund hierfür ist nicht etwa, dass die Fettreserven des Körpers in dieser Zeit völlig aufgebraucht worden wären. Stattdessen stellt sich ein dramatischer Verlust an Muskelmasse ein, der letztendlich zum Tode führt. Verursacher für den Muskelverlust ist das Gehirn: Es kann seinen existenziellen Zuckerbedarf von über 100 Gramm pro Tag nur zur Hälfte durch Fettenergie decken. Die restlichen 50 Gramm Zucker holt sich das hungernde Organ, indem es Muskeleiweiß abbaut – und das so lange, bis sogar der Herzmuskel abgebaut ist.

Auch ein Stoffwechsel kann dazulernen

Die Mehrheit der Menschen wurde im Laufe der Zeit schließlich zu sesshaften Ackerbauern – und macht seit rund 10.000 Jahren eine Art Stoffwechsel-Revolution durch. Und so kam es dazu, dass aus den Nomaden sesshafte Ackerbauern wurden: Wenn es den umherziehenden Nomaden gut ging und die Gruppen zahlenmäßig anwuchsen, wurden die Probleme mit dem stark schwankenden Nahrungsangebot immer größer. Da entdeckte der Mensch eine Überlebensstrategie, die auch die Ernährung größerer Gruppen sicherte: Er begann im Herbst Getreidekörner zu sammeln und sie im Frühjahr wieder auszusäen. Die Ernte wurde nach und nach so umfangreich, dass ein Teil davon für den Winter beziehungsweise für Zeiten ohne Jagdglück bevorratet werden konnte.

Damit war der Mensch nun zwar vom Jagen unabhängig geworden, sein Stoffwechsel musste sich aber auch auf eine völlig neue Situation einstellen: Statt der eiweißreichen Mischkost aus Fleisch, Nüssen, Samen, Früchten und Wurzelknollen standen jetzt vor allem Stärkekohlenhydrate in konzentrierter Form aus Getreide zur Verfügung.

Zu diesem Zeitpunkt geriet erstmals die Bauchspeicheldrüse mit ihrem Hormon Insulin in eine Art Dauerstress. Mussten zuvor für 100 Gramm Gehirnzucker im Winter über viele Stunden zum Beispiel mehrere Kilogramm Kohl gekaut werden (100 g Kohl enthalten nur 3 bis 4 g Zucker), ließ sich die Versorgung mithilfe von Getreide ruck, zuck erledigen – denn Getreidekörner enthalten durchschnittlich 50 bis 60 Gramm Zucker je 100 Gramm.

Getreide ist heute unser Grundnahrungsmittel Nummer eins. Damit kommt unser Stoffwechsel oft nicht klar.

Da Stärke durch Speichelenzyme in Minutenschnelle zu Traubenzucker zerfällt, fluten Zuckerwellen die Bauchspeicheldrüse und provozieren hohe Insulinausschüttungen. Insulin ist das Schlüsselhormon für die Fettspeicherung, Es sorgt in den Fettzellen für die Aktivierung von Enzymen, die zur Umwandlung von Glukose in Fett zuständig sind.

Alles eine Frage der Zeit

Für die sesshaft gewordenen Ackerbauern bedeutete die veränderte Nahrungssituation, dass sich ihr Stoffwechsel stark umstellen musste. Dieser Prozess dauert bis heute an – seit nun schon mehr als 200 Generationen. Das entspricht etwa 5000 bis 10.000 Jahren. Die Veränderung des Stoffwechsels ist schließlich auch die Erklärung dafür, dass es Menschen gibt, die aufgrund ihrer Veranlagung besser mit dem heutigen Lebensstil klarkommen als andere: Ihr Stoffwechsel hat sich schneller und besser an die veränderten Bedingungen angepasst. Noch heute ist jedoch etwa ein Drittel der Bevölkerung vom Stoffwechseltyp her ein Nomade, dessen Bauchspeicheldrüse nicht an unsere heutige stärke- und zuckerreiche Nahrung angepasst ist (siehe oben). Deshalb werden diese Menschen besonders schnell dick.

Rasanter Fortschritt

Mit der Umstellung vom Nomaden zum Ackerbauern war ein großer Schritt nach vorn getan. Doch es sollten noch weitere gewichtige Neuerungen in puncto Ernährung folgen, die heute vielen Menschen – egal ob vom Stoffwechseltyp her eher Ackerbauer oder Nomade – zu schaffen machen. Da war zum einen die Tatsache, dass der Mensch vor rund 600.000 Jahren entdeckte, dass sich Feuer gezielt entfachen und für die Zubereitung von Nahrung nutzen ließ. Durch das Erhitzen von Speisen wurde ein Großteil der darin enthaltenen Keime zerstört, sodass Krankheiten durch verdorbene Nahrung seltener wurden. Was auf den ersten Blick wie ein großer Fortschritt erscheint, hat aber auch Nachteile: Hitzebehandeltes Eiweiß verlangt von der Verdauung Höchstleistungen und verweilt deshalb sehr lange im Verdauungstrakt. Manches lieg schwer im Magen.

Fatale Kombinationen

Wissenswert ist außerdem, dass auch die Bausteine von Fleischnahrung, die Aminosäuren, ihre Zielorte (die Muskelzellen) mithilfe des Insulins erreichen. Dabei genügen bereits recht geringe Mengen Insulin, um die Aminosäuren in die Zellen zu bringen. Wird das tierische Eiweiß jedoch zusammen mit Getreidestärke oder Obstzucker verzehrt, bedeutet das Stress für die Bauchspeicheldrüse, denn gerade durch diese Kombination wird die Insulinausschüttung verdoppelt.
Wie schwerwiegend diese Tatsache ist, wird klar, wenn man sich ansieht, welche Nahrungsmittel betroffen sind: Zu den extrem dick machenden Kombinationen zählen »Nahrungsgemische« wie Käse- und Wurstbrote, Käsepizza, Hamburger und Döner, vor allem aber Obstjoghurt und Obstquark – also Speisen und Produkte, die bei uns sehr viele Menschen regelmäßig und oft in großen Portionen zu sich nehmen. All diese Nahrungsgemische haben gemeinsam, dass bei ihrem Verzehr Zucker und Aminosäuren mit enormen Insulinmengen in die Muskelzellen gebracht werden müssen. Dies kam in der Evolution bisher so gut wie nie vor.
Bisher gibt es leider nur sehr wenige Forschungsarbeiten, die sich mit dem Stellenwert dieser Nahrungskombination für die globale Gewichtsepidemie beschäftigen. Der neuartige »Insulin-Score« (siehe vordere Umschlaginnenseite) veranschaulicht die unterschiedlichen Insulinausschüttungen, die verschiedene Lebensmittel mit gleichem Kaloriengehalt auslösen.

Die Realität heute: Leben im Überfluss

In den letzen 100 Jahren hat sich in der Landwirtschaft und damit im Nahrungsangebot, zumindest für die westliche Welt, Entscheidendes getan. Der Anbau von Zuckerrohr, später von Zuckerrüben, und die Gewinnung des »weißen Goldes« erfolgte zunehmend industriell, sodass Zucker plötzlich nicht mehr Luxusgut, sondern billiges Massennahrungsmittel war. Parallel dazu wurden neue Getreidesorten gezüchtet, die viel unempfindlicher gegenüber Schädlingen und Klimaschwankungen waren, sodass Getreide nun für jeden in ausreichender Menge zur Verfügung steht. Darüber hinaus wurde für Schwein, Rind, Huhn & Co. die Massentierhaltung eingeführt. In der Folge waren tierisches Eiweiß und Fett plötzlich auch täglich erschwinglich. Und alle Nahrungsmittel gibt es heute immer und überall im Supermarkt, den man bequem mit dem Auto erreichen kann und der alles bietet, was wir brauchen und worauf wir gerade Lust haben.

Bewegung wird zur Freizeitsache

Zu der Sache mit der Nahrung kommt noch etwas anderes hinzu: der bewegungsarme Lebensstil der heutigen Menschen. Während bis zum Ende des 19. Jahrhunderts ein Großteil der Bevölkerung noch schwer körperlich arbeiten musste, nimmt das tägliche Maß an Bewegung seit etwa 100 Jahren immer weiter ab. Computer und Maschinen ersetzen heute zunehmend den Fabrikarbeiter. Wir sitzen im Büro oder an der Kasse, und am Abend bewegen wir uns höchstens kurz mal beim Sport oder im Garten. Der deutsche Angestellte kommt heute im Durchschnitt auf gerade mal 700 Meter, die er am Tag zu Fuß zurücklegt! Im Vergleich zu den 20 bis 30 Kilometern, welche die Menschen einst auf der täglichen Suche nach Nahrung zurücklegten, ist das ein gewaltiger Unterschied mit schwerwiegenden Folgen.

INFO

Die Summe macht's

Wenn wir noch einmal zusammenfassen, welche kleineren und größeren Stolpersteine auf dem Weg zum Wunschgewicht liegen können, ergibt das eine ganz schön lange Liste:

- Wer mit einer einseitigen Diät abzunehmen versucht, läuft Gefahr, seinen Körper nicht mehr mit allen lebenswichtigen Nährstoffen zu versorgen. Das kann nicht nur krank machen, sondern steht außerdem dem Abnehmerfolg im Wege.
- Der Stoffwechsel ist bei einem Drittel aller Menschen »veraltet«. Denn er ist eigentlich auf einen Nahrungsmix aus unbehandelten pflanzlichen Lebensmitteln plus hochwertiges tierisches Eiweiß eingestellt, das noch dazu kalt, sprich roh verzehrt wird.
- Aufgrund der Geschichte unseres Stoffwechsels legt ein Drittel der Bevölkerung in »guten Zeiten«, also in Zeiten des Überflusses, Fettdepots an. Diese waren ursprünglich sinnvoll, da wir so in lang andauernden schlechten Zeiten auf diese Depots zurückgreifen konnten. Doch heute gibt es bei uns keine solchen schlechten Zeiten mehr. Deshalb werden die Fettdepots kaum noch entleert und wachsen immer mehr an.
- Ein Überangebot an Lebensmitteln, die noch dazu größtenteils preiswert zu haben sind, bringt das Übergewichtsfass zum Überlaufen.
- Das dick machende »Sahnehäubchen« unseres heutigen Lebensstils ist schließlich der Bewegungsmangel, der weltweit immer mehr zunimmt.

Lösungen suchen statt lamentieren

Sich über hartnäckige Pfunde zu beklagen hilft nichts. Tatsache ist, dass wir keinen anderen als diesen veralteten Stoffwechsel haben, sodass es für unser Gewichtsproblem eigentlich nur einen Lösungsweg gibt: Wir müssen unseren Lebensstil wieder mit unserem Stoffwechsel in Einklang bringen und wieder körperlich aktiver werden.

Es ist also zum einen notwendig, dass wir der Bewegung wieder mehr Platz in unserem Leben geben – sowohl nebenbei im Alltag (Treppensteigen statt Liftfahren, Fahrrad statt Auto) als auch ganz gezielt in unserer Freizeit (Ausdauer- und Muskelaufbautraining).

Der zweite Schritt besteht darin, Lebensmittel bewusst und mit Hintergrundwissen auszuwählen. Damit Sie das tun können, sollten wir vorher unbedingt noch einen Blick auf die Abläufe rund ums Insulin werfen, denn darin liegt der Schlüssel zum Erfolg des Schlank-im-Schlaf-Prinzips.

Nutzen Sie Ihre Hormone!

Ob wir Hunger haben oder satt sind, das sagen uns die Hormone. Denn sie werden als eine Art Botschafter zwischen den Organen beziehungsweise den Körperzellen und dem zentralen Steuerungszentrum im Gehirn ausgeschickt. Aus diesem Grund bezeichnet man sie auch als »Botenstoffe«.

Die Hormone treten zum Beispiel in Aktion, wenn der Körper gerade wichtige Nährstoffe benötigt. In diesem Fall werden vom Steuerungszentrum Hormone ausgeschickt, die uns zur Nahrungsaufnahme veranlassen. Erst wenn die angeforderten Nährstoffe in den Zellen angekommen sind, signalisieren die Hormone dem Steuerungszentrum, dass der Auftrag erledigt ist, sprich die angeforderten Nährstoffe an Ort und Stelle angekommen sind.

Das Insulin als Schlüsselhormon

Immer wenn es darum geht, zuzunehmen beziehungsweise abzunehmen, spielt ein Hormon die Hauptrolle: das Insulin. Denn es steuert die Verarbeitung und Speicherung von Fett und bestimmt damit, ob wir an Gewicht zulegen oder ob wir abnehmen. Wie das genau abläuft, erfahren Sie hier:

- Nach einer Mahlzeit können die nun im Blut befindlichen Nährstoffe Glukose (Zucker), Aminosäuren (Eiweiß) und Fettsäuren (Fett) nur mithilfe des Insulins in die Zellen eingebracht werden. Das funktioniert, indem das Insulin an die Rezeptoren andockt, wodurch sich die Tür für die Nährstoffe und Energielieferanten ins Zellinnere öffnet. Dort werden sie dann zur Energiegewinnung verbrannt oder als Bausteine verwendet.
- Das klappt aber nur so lange, bis die Zellen ihren Bedarf an Nährstoffen gedeckt haben. Dann nämlich schützen sie sich vor einem Zuviel an Nährstoffen, indem sich die Rezeptoren zurückziehen und damit das Insulin als Tür-

Mehr Bewegung bringt Ihren Stoffwechsel wieder ins Gleichgewicht.

öffner deaktiviert wird. Dies bedeutet, dass sich dann zwar immer noch reichlich Insulin samt Nährstoffe im Blut befinden können, das Insulin aber nicht mehr die Schleuse zum Inneren der Zellen öffnen kann.

- Je üppiger eine Mahlzeit ausgefallen ist beziehungsweise je schneller die Mahlzeiten aufeinander gefolgt sind, umso mehr Nährstoffe befinden sich im Blut. In der Folge kommt es zu einem regelrechten Nährstoffstau.
- Doch nicht nur die Nährstoffe stauen sich im Blut, sondern auch das Insulin, das nun wirkungslos ist. Dieser Stau kann mehrere Stunden lang andauern.
- Was nun passiert, ist eigentlich verrückt. Die Bauchspeicheldrüse erhöht die Insulinausschüttung um ein Mehrfaches, um die Nährstoffe mit aller Macht vielleicht doch noch in die gesättigten Zellen zu drücken.
- Tatsächlich kann dadurch ein kleiner Teil der überschüssigen, im Blut in der Warteschleife hängenden Nährstoffe doch noch in die Zellen hineingepresst werden. Aber der Großteil verbleibt im Blut …
- … bis er vom Insulin schließlich ins Fettgewebe entsorgt wird. Das bedeutet, dass das Insulin quasi aus der Not heraus, die Nährstoffe zu entsorgen, das Fettgewebe mästet, obwohl Fettreserven für uns heute gar nicht nötig wären.

INFO

Insulin ≠ Diabetes

Wahrscheinlich haben Sie vom Eiweißhormon Insulin bisher vornehmlich im Zusammenhang mit Diabetes gehört. Dabei spielt das Insulin auch für alle Gesunden eine lebenswichtige Rolle, denn mit seiner Hilfe wird jede einzelne Zelle im Körper mit den für sie notwendigen Nährstoffen versorgt. Das Insulin öffnet die Körperzellen für die mit der Nahrung zugeführten Nährstoffe. Das gilt in besonderem Maße für die Muskelzellen, die Leberzellen und schließlich die Fettzellen. Bei einem ungünstigen Essverhalten in Verbindung mit einer bewegungsarmen Lebensweise kann die Insulinproduktion aus dem Ruder laufen und es kann sich ein Diabetes Typ 2 entwickeln.

Der schlimmste Fall

Wenn es ab und an zu einem solchen Nährstoff- und Insulinstau im Blut kommt, kann sich der Körper noch relativ gut selbst helfen. Kritisch wird es dagegen, wenn wir ständig zu viel oder das Falsche essen und wenn wir zwischen zwei Mahlzeiten zu wenig Zeit vergehen lassen. Dann nämlich kommt es zu einer Art Nährstoff-Dauerstau im Blut. Das hat zur Folge, dass die Bauchspeicheldrüse immer neues Insulin produziert, um noch mehr Zucker, Fett und Eiweiß in Muskel- und Leberzellen unterzubringen. Dadurch sind diese Zellen ununterbrochen randvoll mit Nährstoffen. Das führt schließlich dazu, dass sie innerlich verfetten und dem Insulin dauerhaft den Zutritt verweigern. Diesen Zustand nennt man Insulin-Resistenz. Die paradoxe Folge davon ist, dass die zum Überleben wichtigen Zellen nicht mehr ausreichend versorgt werden können, während das Insulin gleichzeitig das Fettgewebe mästet. In diesem Fall geht es dann auch nicht mehr nur um Fehl- oder Überernährung, sondern um Krankheiten wie Diabetes mellitus Typ 2, Fettstoffwechselstörungen, erhöhte Harnsäurewerte oder die gefürchtete Arteriosklerose, die allesamt häufig auf eine falsche Ernährung folgen.

Nebenbei zu naschen – vor allem abends – beschert Ihnen mehr unerwünschte Pfunde, als Sie vielleicht denken!

Wie Sie Ihr Fett wieder loswerden

Sie könnten jetzt natürlich einwenden, dass sich das Fett doch auch genau so wieder loswerden lassen müsste, wie es in die Fettzellen gelangt ist. Doch leider stimmt das nur bedingt. Denn nun schnappt die Insulinfalle zu, von der Sie auf Seite 12 und 13 schon gelesen haben.

Wie Sie bereits wissen, verstaut das Insulin all die überzähligen Nährstoffe, die es nicht in den Muskel- und Leberzellen unterbringen kann, in den Fettzellen. Doch damit nicht genug: Danach verschließt es für etwa fünf Stunden die Ausgangstüren der Fettzellen, sodass die eingeschleusten Nährstoffe darin festsitzen. Wer nun vor Ablauf dieser Fünf-Stunden-Frist erneut isst, schafft damit nicht nur neue Nährstoffe heran, sondern verlängert darüber hinaus die »Schließungszeit« seiner Fettzellen um weitere fünf Stunden. Damit beginnt ein Teufelskreis, bei dem die Fettzellen immer mehr anwachsen, anstatt die zwischengelagerten Fettdepots wieder freizugeben. Wie sich das auf den Erfolg Ihrer Abnehmversuche auswirkt, können Sie sich sicher vorstellen.

Schlank durch »Hormonmagie«

Wie gut, dass das Insulin nicht unbedingt als Dickmacherhormon wirken muss. Zum einen wirkt sich eine insulinsparende Ernährung günstig aus (siehe Insulin-Trennkost, Seite 13 und 16). Zusätzlich helfen Ihnen vier ebenfalls im Körper produzierte Hormone, welche die Türen der Fettzellen wieder öffnen und damit dem Insulin entgegenwirken können. Machen Sie sich die Unterstützung dieser Hormone zunutze!

- Es handelt sich dabei zum einen um die beiden Bewegungshormone **Adrenalin** und **Noradrenalin**, die Sie mithilfe von Bewegung aktivieren können. Sie sorgen dafür, dass der Muskel gespeichertes Depotfett aus dem Fettgewebe nutzt, um daraus die für die Bewegungsaktivität benötigte Energie zu gewinnen. Sie haben deshalb eine sehr wichtige Rolle, wenn es ums Abnehmen geht.
- Das nachtaktive **Wachstumshormon** hat einen erheblichen Anteil daran, dass aus der Insulin-Trennkost das Schlank-im-Schlaf-Prinzip entwickelt werden konnte. Während wir schlafen, setzt das Wachstumshormon die für den Körper notwendigen Regenerations- und Reparaturprozesse in Gang. Dabei wird auf die Fettdepots zugegriffen – allerdings nur, wenn wir uns tagsüber entsprechend ernähren und uns ausreichend bewegen. Das Hormon fördert außerdem das Muskelwachstum, was wiederum dem Abbau von Körperfett zugute kommt. Denn das Fett wird in den Muskeln verbrannt – auch wenn wir uns gerade gar nicht bewegen.
- Das Sexualhormon **Testosteron** ist nicht nur im männlichen Körper zu finden, wie oft angenommen wird, sondern auch der weibliche Körper produziert geringe Mengen davon. Es fördert ebenfalls den Muskelaufbau und steigert damit die Fettverbrennung. Ein moderates Ausdauertraining fördert die Ausschüttung von Testosteron.

Im Biorhythmus zum Wunschgewicht

Sie haben inzwischen eine ganze Menge darüber erfahren, wie sich das Ernährungsverhalten des Menschen gerade in den letzten 100 Jahren in eine bedenkliche Richtung entwickelt hat. Sie wissen nun auch, warum der Körper vieler Menschen deshalb vermehrt Fett einlagert. Hinzu kommt der Bewegungsmangel, der vor fast niemandem Halt macht und die Situation noch verschärft.

Sie haben aber auch gehört, dass Sie durchaus eine Chance haben, etwas gegen Ihre überflüssigen Pfunde zu tun, ohne dass Sie Ihrem Körper dabei Schaden zufügen oder ihm lebensnotwendige Nährstoffe vorenthalten. Auf dieser Basis funktioniert das Abnehmen im Schlaf.

Sich die Natur zunutze machen

Denken Sie doch einmal an einen Bären, der sich vor dem Winterschlaf Speck anfuttert, um dann für den ganzen Winter in seiner Höhle zu verschwinden. Indem er sich schlafen legt, stellt er seinen Organismus auf Sparprogramm um. Die Energie, die er benötigt, um seine Temperatur, seine Atmung und seinen Kreislauf aufrechtzuerhalten, holt sich der Körper des Bären dabei aus seinen Fettreserven, die nach und nach bis zum Ende des Winters verbraucht werden.

Bären kann man nicht mit Menschen vergleichen, meinen Sie? In diesem Fall ist der Vergleich aber gar nicht so weit hergeholt. Denn was beim Winterschlaf im Körper des Bären passiert, ähnelt den Vorgängen im menschlichen Körper während des Nachtschlafes. Auch wir können wie der Bär unsere Fettdepots öffnen und im Schlaf Energie – und bei günstigen Bedingungen 50 bis 100 Gramm Fett pro Nacht – verbrennen. Das funktioniert aber nur, wenn wir die rechts aufgeführten Punkte im Auge behalten. Sie sind der Schlüssel zu dauerhaftem Erfolg beim Abnehmen.

Zurück zur Ausgewogenheit

Es sind besonders drei Umstände unseres modernen Essverhaltens, die zur Dauermast der Fettzellen führen und mittlerweile eine Weltepidemie von Übergewicht und Körperverfettung (Adipositas) ausgelöst haben.

- Ideal für unseren Stoffwechsel wären geregelte, sättigende Hauptmahlzeiten in Abständen von vier bis fünf Stunden. Sie werden aber zunehmend ersetzt durch schnell aufeinander folgende Snacks und Fast-Food-Mahlzeiten, zu denen noch Schokoriegel und zuckerhaltige Getränke wie Limonaden, Fruchtsäfte sowie stark gezuckerte Milch- und Kaffeegetränke kommen. Dadurch wird die Insulinausschüttung nicht nur dreimal am Tag in Gang gesetzt, sondern fünf- bis zehnmal oder häufiger. Die Folge ist, dass die Ausgänge der Fettzellen permanent blockiert sind, wie es ab Seite 12 beschrieben wurde.
- Hohe Insulinreaktionen, auf die unser Stoffwechsel nicht eingerichtet ist, werden provoziert durch die Mischung von Stärke- und Zuckerkohlenhydraten mit tierischem Eiweiß. Letzteres ist durch Massenproduktion immer preiswerter geworden; parallel dazu ist der Verzehr stark angestiegen. Mit einer ausgewogenen Insulin-Trennkost bringen Sie Ihre Bauchspeicheldrüse dazu, wieder für Sie zu arbeiten.
- Der Rhythmus von Energieaufnahme am Tag und nächtlichem Energieabbau hat sich bei Millionen von Menschen durch Stressbelastung, vermeintlichen Zeitmangel oder einfach nur Unkenntnis und Gewohnheit stark verschoben. Typisch ist heute ein viel zu kleines beziehungsweise ganz ausfallendes Frühstück zugunsten einer viel zu späten und zu großen Abend- oder sogar Nachtmahlzeit. Auf den folgenden Seiten erfahren Sie mehr darüber, welche Art und welcher Umfang von Mahlzeiten jeweils besser zu den einzelnen Tageszeiten passen.

Die Schlank-im-Schlaf-Grundpfeiler

Mithilfe der Insulin-Trennkost und einem entsprechenden Bewegungsprogramm können Sie mit ein bisschen Entschlossenheit, mit Übung und der richtigen Zusammenstellung der Mahlzeiten Ihr Wunschgewicht (wieder) erreichen.

1 Pflanzlichen Ölen den Vorzug geben

Wegen seines hohen Brennwerts, also der relativ hohen Kalorienzahl bei geringer Menge, steht Fett bei so mancher Diät im Mittelpunkt der Aufmerksamkeit – leider häufig, ohne dass dies etwas bringen würde. Denn trotz Fettpunktezählens und Supermarktregalen voller Low-Fat-Produkte werden wir jährlich dicker. Es ist ohnehin nicht allein die Frage des Fettverzehrs, ob jemand über die Maßen zunimmt und dadurch krank wird. Es kommt immer auch auf die Art der verwendeten Fettsorten an.

- Grundsätzlich gilt, dass **pflanzliche Fette** gesünder sind als tierische und deshalb diesen vorgezogen werden sollten. Pflanzliche Fette dienen dem Körper als Baufett für Zellstrukturen und haben zahlreiche positive Wirkungen, unter anderem auf die Blutfette, den Blutdruck und Blutzucker. Zu den durchweg positiv zu bewertenden Ölen gehören Oliven-, Raps- und Erdnussöl. Eine weniger günstige Wirkung auf den Stoffwechsel hat dagegen Kokosfett, das in fester Form angeboten und häufig zum Braten und Frittieren verwendet wird.

  Wer schließlich beim Kauf der Öle noch auf gute Qualität achtet, kann meist viel Fett einsparen. Denn hochwertige Pflanzenöle bieten fast immer maximalen Geschmack. Deshalb kommt man beim Zubereiten der Speisen mit kleineren Mengen davon aus und kann eine beträchtliche Menge an Fettkalorien einsparen.
- Die meisten **tierischen Fette** dagegen dienen dem Körper lediglich als Brennstoff, ohne einen weiteren Nutzen für den Organismus zu haben. Sie werden darüber hinaus aber auch für Gefäßerkrankungen wie etwa Arteriosklerose verantwortlich gemacht. Deshalb sollten Sie die Verwendung von tierischen Fetten zuallererst einschränken.

2 Insulin-Trennkost: viele Kohlenhydrate am Morgen und Mittag

Kohlenhydrate, also Stärke und Zucker, liefern schnelle Energie – und die brauchen wir auch. Wichtig ist dabei, dass die Kohlenhydrate zur rechten Zeit zugeführt werden, nämlich dann, wenn der Körper sie optimal verwerten kann. Tatsächlich besitzen wir Menschen nur einen kleinen Kohlenhydratspeicher, der jede Nacht aufgezehrt wird, da er während des Schlafes das Gehirn mit Energie versorgt. Er sollte jeden Morgen wieder neu aufgefüllt werden.

Wenn dagegen die Kohlenhydratspeicher leer sind und dem Körper keine neuen Kohlenhydrate zugeführt werden, löst der niedrige Blutzuckerspiegel im Gehirn einen Süßhunger aus. Wird dieser nicht befriedigt, steigert er sich, und es kommt nicht selten zu Essanfällen. Als weitere Folge des Kohlenhydratmangels nimmt die Konzentrationsfähigkeit enorm ab. Aber nicht nur das Gehirn, sondern auch die Muskeln büßen einen Großteil ihrer Leistungsfähigkeit ein.

Hartnäckig hält sich das Gerücht, dass Kohlenhydrate grundsätzlich dick machen. Dem müssen wir widersprechen, denn das Dickmacherpotenzial von Kohlenhydraten hängt vor allem von ihrer Qualität ab und davon, wie sie mit anderen Nährstoffen kombiniert werden.

- Wer auf so genannte **langsame Kohlenhydrate** setzt, liegt richtig. Die »slow carbs« kommen in gekeimten Getreidekörnern, Frischkornbrei, groben Haferflocken, Müsliflocken, in Ganzkörnerbrot sowie in geringer Menge in vielen Gemüse- und Obstsorten vor. Nur wenig verarbeitetes Getreide besitzt einen hohen Anteil an Ballaststoffen (unverdauliche Nahrungsbestandteile). Die darin gebundenen, großen Stärketeile benötigen mehr Energie bei der Verdauung. Dadurch verzögert sich die Aufnahme der Glukose aus dem Darm ins Blut, was den Blutzuckerspiegel nur mäßig ansteigen lässt – obwohl es sich auch hier um Kohlenhydrate handelt.
- Die **mittelschnellen Kohlenhydrate** kommen in Hartweizennudeln, Parboiled- oder Vollkornreis und überraschenderweise auch in Haushaltszucker vor und setzen den Traubenzucker nach ihrer Aufspaltung im Darm ebenfalls nur relativ langsam frei.
- Die in **schnellen Kohlenhydraten** enthaltene Stärke besteht zu 100 Prozent aus Glukose, ist wenig an Ballaststoffe gebunden und kann deshalb vom Darm besonders schnell aufgeschlossen werden. Aus diesem Grund rufen die schnellen Kohlenhydrate eine schnelle und hohe Insulinreaktion hervor. Sie sind vor allem enthalten in allen Produkten aus fein gemahlenem Mehl (auch fein gemahlenem Vollkornmehl), in gekochten Kartoffeln und geschältem Reis. Aber auch Traubenzucker, vor allem aber stark gesüßte Getränke auf Fruchtsaftbasis sowie Limonaden zählen zu dieser Gruppe.

Ganz so schlimm, wie immer befürchtet wird, sind helle Brötchen, Graubrot, Kartoffeln, weißer Reis oder auch Marmelade nicht in jedem Fall. Denn die Ernährungsforschung hat nachgewiesen, dass die im Rahmen der Insulin-Trennkost vorgeschlagenen Mengen (3 bis 4 Scheiben Brot, 3 bis 4 Brötchen, 125 g Reis oder Nudeln – beides Rohgewicht – oder 500 g Kartoffeln) einen hohen so genannten Sättigungsindex haben. Dieser Wert gibt an, wie lange man sich nach dem Essen einer bestimmten Menge eines Nahrungsmittels satt fühlt. Ein hoher Sättigungsindex macht die Nachteile der durch sie ausgelösten stärkeren Insulinreaktion wieder wett. Das heißt: Der Magen bleibt sehr lange gefüllt, und es stellen sich in der Regel nicht so bald wieder Hungergefühle ein.

3 Die Fettzellen öffnen und die Fettspeicherung stoppen

Mithilfe der Insulin-Trennkost, auf der die Rezepte im 4-Wochen-Power-Plan ab Seite 26 beruhen, lassen sich die Fettzellen wieder öffnen. So kann in den Zellen festsitzendes Fett nach und nach abtransportiert und abgearbeitet werden. Im nächsten Schritt kann durch die gezielte Ernährung die Speicherung von Fett reduziert werden. Das heißt, dass es von da an nicht mehr zu einem erneuten Nährstoffstau (siehe Seite 12 und 13) kommen kann. Das Fettgewebe wird infolgedessen nicht mehr gemästet. Wie das funktionieren soll? Die Erklärung ist ganz einfach:

- **Morgens** sind, wie auf Seite 16 beschrieben, die Kohlenhydratspeicher leer, da unser Gehirn während des Schlafes mit dieser Energie versorgt wurde. Diese Speicher müssen nun aufgefüllt werden, damit es nicht zum durch Kohlenhydratmangel ausgelösten Süßhunger kommt. Denn dieser kann zu regelrechten Fressattacken ausufern, wenn der Bedarf an Kohlenhydraten nicht gedeckt wird. Außerdem werden die Kohlenhydrate in den Muskeln und im Gehirn gebraucht, damit diese funktionieren und leistungsfähig sind. Und nicht zuletzt wird mit einer kohlenhydratreichen

Morgenmahlzeit der Grundumsatz des Organismus so richtig angeheizt. Denn wenn wir morgens reichlich langsame Kohlenhydrate zu uns nehmen, hat unser Körper erst einmal ganz schön etwas »abzuarbeiten«. Die Kohlenhydrate müssen aufgeschlüsselt und verwertet werden, und uns wird so richtig warm. Probieren Sie es aus und erfahren Sie als zusätzliches Plus, dass von nun an kalte Hände und Füße der Vergangenheit angehören.

- **Zwischen den einzelnen Mahlzeiten** sollten immer mindestens fünf Stunden Essenspause liegen – ohne Snacks oder Zwischenmahlzeiten. Nur so hat der Körper genug Zeit für die Stoffwechsel- und Verdauungsprozesse, und der Blutzuckerspiegel kann wieder komplett absinken. Dann erst ist Ihr Organismus wieder bereit, zugeführte Nährstoffe in den Zellen zu verwerten. Aus dem gleichen Grund dürfen Sie zwischendurch auch keine zuckerhaltigen Getränke, einschließlich Obstsäfte, zu sich nehmen.
- **Das Mittagessen** ist die »Happy Hour« des Tages. Haben Sie schon befürchtet, zu jeder Zeit Kohlenhydrate und tierisches Eiweiß trennen zu müssen? Für das Mittagessen gilt das nicht. Ab 11.00 Uhr bis etwa 16.00 Uhr herrschen im Körper andere Verhältnisse. Insbesondere die Muskelzellen haben nun durch die Tagesaktivität die Insulin-Rezeptoren viel stärker aktiviert. Jetzt ist die richtige Zeit, um die vielleicht vermissten Käse- und Wurstbrote nachzuholen. Und nun sind auch Spaghetti Bolognese, Schnitzel mit Kartoffelsalat, Pizza, Döner oder sogar Hamburger zum Genuss freigegeben, so lange die Kohlenhydrate die Oberhand behalten. Die notwendigen Mengen können Sie, falls Ihnen zum Beispiel sieben Kartoffeln zu viel sind, durch die Kombination mit Obst, Kuchen, Eis oder Keksen und Schokolade zusammenstellen. Hierhin passen auch Obstsäfte und Limonaden, wenn Ihr Herz sie begehrt.
- **Am Abend** – nachdem Sie Ihren Körper morgens und mittags mit Kohlenhydraten versorgt haben – ist die Zeit reif, den Weg für die Fettverbrennung frei zu machen. Das gelingt Ihnen, indem Sie am Abend reichlich Eiweiß mit Gemüse und Salat zu sich nehmen. Sie verzichten also einfach auf alle Kohlenhydrate wegen ihres hohen Insulin-Scores. Dieser Wert gibt an, wie viel Insulin beim Verzehr einer bestimmten Menge eines Lebensmittels beziehungsweise eines Nährstoffes ausgeschüttet wird. Das heißt aber nicht, dass Sie abends hungern müssen: Köstliche Rezepte laden zum Genießen und Sattessen ein – Sie lassen lediglich die Stärke-Kohlenhydrate weg, von denen Sie bereits morgens und mittags ausreichend genossen haben.

Durch diese Eiweiß-Trennkost am Abend schlagen Sie zwei Fliegen mit einer Klappe: Sie unterstützen zum einen die Bildung des Wachstumshormons. Dieses Hormon fördert nicht nur den Fettabbau und das Muskelwachstum, sondern ist zudem nachts an den Regenerations- und Reparaturprozessen des Körpers beteiligt. Die dafür benötigte Energie holt es sich aus den Fettzellen, wenn diese nicht durch das Insulin verschlossen sind. Und genau das unterbleibt, weil durch die kohlenhydratfreie Abendmahlzeit kein Insulin gelockt wird. So kann das Wachstumshormon ungehindert auf die Fettzellen zugreifen – und der nächtlichen Fettverbrennung steht nichts mehr im Wege.

4 Mit Insulin-Trennkost die nächtliche Fettverbrennung optimieren

Ihre Fettzellen sind dank der Insulin-Trennkost nicht blockiert, sodass der nächtliche Fettabbau beginnen kann. Optimal ist es jedoch, wenn Sie durch verschiedene Maßnahmen am Tag die nächtliche Fettverbrennung noch unterstützen und steigern. Das klingt vielleicht kompliziert, ist aber ganz einfach und leicht nachvollziehbar.

- **Früh zu Abend essen:** Wer seine Abendmahlzeit früh genug (idealerweise zwischen 17.00 Uhr und 19.00 Uhr) zu sich nimmt, gibt seinem Verdauungsstoffwechsel reichlich Zeit, um danach wieder zur Ruhe zu kommen. Das Gute daran ist, dass ein ruhender Verdauungsstoffwechsel das Überlebenszentrum im Gehirn (siehe Seite 7) dazu veranlasst, eine größere Menge an Wachstumshormon auszuschütten als üblicherweise. Und dieses Hormon bezieht, wie in Punkt 3 bereits erwähnt, die Energie für seine Regenerations- und Reparaturarbeiten aus den Fettzellen. Aber Vorsicht: Wer spätabends vor dem Fernseher noch nascht, und sei es nur eine Kleinigkeit, macht diesen positiven Effekt wieder zunichte!
- **Bewegung im Alltag und am Abend:** Wer zu viele Pfunde auf die Waage bringt, dessen Körper produziert nicht mehr so viel Wachstumshormon wie der eines normalgewichtigen Menschen. Das ist auch ein Grund dafür, dass sich Übergewichtige beim Abnehmen oftmals so schwer tun. Bewegung kann hier so einiges in Schwung bringen: Regelmäßige körperliche Betätigung im Alltag (siehe Seite 12), vor allem aber ein leichtes Ausdauer- und Muskelaufbautraining (siehe Seite 95) am Abend bringen die abnehmfreundlichen Aktivitätshormone und das Wachstumshormon wieder zum Strömen.
- **Früh ins Bett!** Nach nur etwa eineinhalb Stunden Schlaf geht es los: Das Wachstumshormon wird aktiv und holt sich dafür die Energie aus den Fettdepots des Körpers, die dank der Insulin-Trennkost am Abend offen stehen. Doch leider ist dieser Abnehmtraum zeitlich begrenzt. Gegen Morgen stellt der Körper sich nach und nach wieder auf Tagesbetrieb um, und das Fett abbauende Wachstumshormon macht sich auf den Rückzug. Da umso mehr Fett abgebaut werden kann, je länger diese Reparaturphase dauert, ist es wichtig, relativ früh zu Bett zu gehen. Denn je mehr Zeit Sie dem Wachstumshormon für seine Arbeit einräumen, umso länger kann es aktiv sein und umso mehr Fett kann es dabei verbrennen. Sieben bis acht Stunden Schlaf sind daher ideal.

Schlafen macht schön – und schlank! Sieben bis acht Stunden pro Nacht sollten es schon sein.

So wird Ihr Power-Plan ein Erfolg

Sie wissen nun, warum Sie wie viele andere seit langem mehr oder weniger erfolglos mit den Pfunden kämpfen – und dass es eine Lösung für Ihr Gewichtsproblem gibt.

Bevor Sie in den 4-Wochen-Power-Plan einsteigen, möchten wir Ihnen noch einige Anregungen und Hinweise mit auf den Weg geben. Und dann gibt es da noch jede Menge Tipps und Tricks, die Ihnen helfen werden, die vier Wochen zu genießen …

Trinken Sie sich schlank

Im Rahmen der Insulin-Trennkost gibt es in Sachen Getränke einen klaren Favoriten: Wasser – egal ob still oder spritzig. Auch Leitungswasser ist in den meisten Gegenden empfehlenswert. Es bringt keine Kalorien mit und hilft beim Abnehmen. Denn um das Wasser zu verwerten, verbraucht der Körper Energie. Unsere Empfehlung lautet, täglich mindestens 1,5 bis 2 Liter einer kalorienfreien Flüssigkeit zu trinken. Wer viel schwitzt beziehungsweise sich körperlich anstrengt, muss natürlich entsprechend mehr trinken.

Saft, Bier, Cappuccino & Co.

Sicher haben auch Sie nicht immer Lust auf ein Glas kühles Wasser – manchmal muss es einfach etwas anderes sein, etwa zu einem leckeren Essen. Damit Sie wissen, was ideal zu den einzelnen Schlank-im-Schlaf-Mahlzeiten passt, finden Sie hier eine Übersicht der gängigsten Getränke. Die grün markierten Felder zeigen Ihnen, ob ein Getränk zur jeweiligen Mahlzeit empfohlen wird, die roten Felder zeigen, wann Sie dieses Getränk besser weglassen sollten. Die Bewertung richtet sich jeweils danach, ob die Getränke Kohlenhydrate beziehungsweise Eiweiß (meist durch ihren Milchgehalt) aufweisen.

	zum Frühstück	zum Mittagessen	zum Abendessen	für zwischendurch	Gut zu wissen
Wasser *mit Zitronenaroma oder anderen Aromen*	grün	grün	grün	grün	Idealer Durstlöscher für jede Gelegenheit. Absolut kalorienfrei und optimales Getränk für die Insulin-Trennkost.
Fruchtsaft **Fruchtsaftgetränk** **Fruchtnektar** **Saftschorle**	grün	grün	rot	rot	Enthalten mehr oder weniger Kohlenhydrate und Kalorien, oft auch zugesetzten Zucker. Möglichst nur frisch gepresste Säfte oder Direktsäfte (nicht aus Konzentrat) zum Frühstück oder Mittagessen genießen.

	zum Früh-stück	zum Mittag-essen	zum Abend-essen	für zwischen-durch	Gut zu wissen
Kaffee, Espresso, schwarzer Tee, grüner Tee					Sie alle regen durch das in ihnen enthaltene Koffein oder Tein Herz und Kreislauf an. Gegen moderaten Genuss zu den angegebenen Zeiten ist nichts einzuwenden.
schwarz, bzw. pur					
mit Zucker					
mit 1 TL Kondensmilch oder 2 TL Milch/Tasse					
Cappuccino					
Latte macchiato					
Kakao					Keine Getränke, sondern hochkalorische Nahrungsmittel, die außerdem noch sehr viel tierisches Eiweiß enthalten. Oft mit viel Zucker.
Milch und Milchgetränke					
Früchtetee					Enthält getrocknete Früchte (Kohlenhydrate!). Abends besser auf Kräutertee ausweichen.
Kräutertee					
Pfefferminz, Fenchel, Kamille					
mit Zucker/Honig					
Gemüse-, Tomatensaft					Zu den kohlenhydratreichen Mahlzeiten erlaubt.
Limonade, Cola-Getränke					Enthalten häufig viele Kalorien und sind mit Geschmacks- und Farbstoffen angereichert. Höchstens in der Light-Version zu empfehlen.
Light-Versionen					Enthalten statt Zucker Süßungsstoffe, die nicht auf den Stoffwechsel einwirken und keine Kalorien mitbringen. Aber Vorsicht bei so genannten Süßungsmitteln wie Fruktose als Zuckerersatz (Etikett!).
Bier					Alkohol blockiert – in größeren Mengen genossen – den Abbau von Insulin und für einige Stunden auch die Fettverbrennung. Enthält auch Kohlenhydrate. Maximal ein Glas Bier/Wein pro Tag für Frauen, Männer dürfen zwei.
alkoholfrei					
Wein					

Leben, essen und bewegen im Takt der Bio-Uhr

Jetzt geht es los! Sie werden sich in den nächsten Wochen dreimal täglich an köstlichen Gerichten satt essen und dabei auch noch abnehmen. Auf dieser Seite lesen Sie, wie Sie die beiden wichtigsten Grundprinzipien des Schlank-im-Schlaf-Programms praktisch umsetzen können.

Die Insulin-Trennkost

- Morgens gibt es reichlich Energie und Wärme für einen guten Start in den Tag. Genießen Sie ein ausgiebiges süßes oder pikantes Brotfrühstück oder genehmigen Sie sich ein großes Müsli. Die große Portion Kohlenhydrate am Morgen muss sein, weil Ihr Körper für den Start in den Tag besonders viel Energie benötigt, um in Gang zu kommen und Leistung zu erbringen.
- Mittags steht eine ausgewogene Mischkost mit vielen Kohlenhydraten auf dem Programm. Sie liefert dem Körper vielfältige Nährstoffe – und sie kann vom Stoffwechsel gut verarbeitet werden, ohne dass etwas von den Kalorien auf den Hüften oder am Bauch landet.
- Mit Ihrer Abendmahlzeit stellen Sie die Weichen für die nächtliche Fettverbrennung. Kohlenhydrate am Abend sind tabu. Denn die locken reichlich Insulin, das die Fettzellen für eine Weile verschließt. Und gerade das soll nicht passieren. Denn das Schlankwerden im Schlaf klappt nur dann, wenn die Fettzellen nachts angezapft werden können.

Bewegen im Rhythmus der Bio-Uhr

- Wenn Sie mit der Insulin-Trennkost Ihren Weg zum erfolgreichen Abnehmen eingeschlagen haben, können Sie mit Bewegung noch einen draufsetzen und den Abnehm-Turbo einschalten. Das ist ganz einfach: Durch einen bewegten Alltag und abendliche Bewegungseinheiten bringen Sie Ihre Fettverbrennung so richtig in Schwung.
- Dabei ist das Kombipaket aus fettstoffwechselbetontem Ausdauertraining und moderatem Muskelaufbautraining für alle zu Hause realisierbar. Welche Übungen für Sie geeignet sind und wie Sie sie am besten in Ihren Tag einbauen können, erfahren Sie ab Seite 95.
- Bewegung aktiviert gezielt die Schlank-Hormone (siehe Seite 14), die im Anschluss an die Abendmahlzeit erst so richtig in Schwung kommen. Diese Hormone regenerieren und reparieren, was im Körper im Laufe des Tages gelitten hat. Genau hierdurch verdient das Schlank-im-Schlaf-Prinzip seinen Namen: Denn die Energie für diese Prozesse kommt aus den Fettzellen, deren Tore dank Insulin-Trennkost und Bewegungsprogramm nun weit offen stehen …

INFO

Nur wer satt wird, nimmt ab

Wenn Sie trotz der reichlichen Portionen der Insulin-Trennkost das Gefühl haben, nicht satt zu werden, essen Sie einfach mehr Gemüse oder Salat. Auf keinen Fall sollten Sie die Kohlenhydratmenge erhöhen oder zu mehr Mischkost greifen. Eine Alternative zu Salat oder Gemüse ist ein (!) hartgekochtes Ei oder etwas mehr Fleisch oder Fisch zu einer Mahlzeit.

Dos & Donts für Ihre vier Power-Wochen

Lesen Sie sich die folgenden Eckpunkte des Schlank-im-Schlaf-Prinzips noch einmal durch. Wir haben zwar viele davon in Form von Tipps in die Wochenpläne eingebaut, doch ist ein Überblick sicher hilfreich.

Die sechs Dos

- Essen Sie sich an den Portionen satt! Möglicherweise fürchten Sie von den großen Portionen zuzunehmen, da Sie bisher Kalorien oder Fettpunkte gezählt haben. Vertrauen Sie dem Schlank-im-Schlaf-Prinzip. Versuchen Sie, Ihre Portionen aufzuessen. Dann kommt Ihr Verdauungsstoffwechsel in Schwung und die Pfunde purzeln. Die Eiweißmahlzeit am Abend lässt Sie immer öfter mit einem tüchtigen Kohlenhydrathunger aufwachen …
- Damit der Insulinspiegel nach jeder Mahlzeit absinken kann, müssen zwischen den Mahlzeiten jeweils mindestens fünf Stunden liegen. In diesen Pausen können Sie energiefreie Getränke (siehe Seite 20 und 21) zu sich nehmen – aber auf keinen Fall etwas essen!
- Auch wenn es auf der Couch so gemütlich ist: Halten Sie sich an die Bewegungseinheiten, die wir zu den einzelnen Tagen vorschlagen. Sie beschleunigen den Abnehmprozess und machen zudem zufrieden und fit.
- Für das abendliche Training gibt es einen perfekten Zeitpunkt: kurz vor dem Essen. Wenn Sie diese Zeit für Bewegung wählen, nutzen Sie den so genannten Nachbrenneffekt – unterstützt durch die Eiweiß-Abend-Mahlzeit – besonders effektiv! Darunter versteht man den höheren Energieverbrauch nach dem Sport, weil der Körper dann nacharbeiten, also sich regenerieren muss.
- Je früher Sie Ihre Eiweiß-Abendmahlzeit zu sich nehmen, umso länger hat Ihr Verdauungsstoffwechsel nachts Ruhe, und umso schneller können Ihre Werte für Insulin, Blutfette und Blutzucker auf ein niedriges Niveau absinken. Versuchen Sie zwischen 17.00 und 19.00 Uhr zu Abend zu essen. Ausnahmsweise ist eine Verschiebung von ein oder zwei Stunden nach oben vertretbar.
- »Ab ins Bett!« Je früher Sie einschlummern, umso schneller werden Ihre Fettzellen als Energielieferanten für Reparaturarbeiten herangezogen. Morgens können Sie dann gut ausgeschlafen und fit in den neuen Tag durchstarten.

Die fünf Donts

- Alkohol und Nikotin verhindern den nächtlichen Fettabbau, weil sie den Stoffwechsel durcheinander bringen. Ein Glas Bier oder Wein ab und zu ist okay, doch trinken Sie Alkohol nicht im Übermaß. Fürs Rauchen gilt: Je weniger, umso besser. Am besten ganz aufhören!
- Naschen ist nicht erlaubt! Verzichten Sie auf das Stückchen Schokolade und auch die Möhre zwischendurch. Essen Sie sich an Ihren drei Mahlzeiten satt – diese sind so konzipiert, dass Sie dazwischen keinen wirklichen Hunger haben.
- Wenn Sie nicht satt werden: Nicht die Kohlenhydratmenge erhöhen! Greifen Sie zu mehr Gemüse oder Salat!
- Dass Sie mal einen Tag nicht im Rhythmus bleiben, haben wir einkalkuliert. Wichtig ist, dass Ausrutscher nicht zur Normalität werden. Und: Lassen Sie am nächsten Tag auch mittags einfach die Kohlenhydrate weg. So kommen Sie wieder geradewegs auf die Abnehm-Spur.
- Obst zwischendurch passt nicht ins Schlank-im-Schlaf-Konzept! Viele Obstsorten lassen den Insulinspiegel in die Höhe schnellen. Genießen Sie Ihre Portionen morgens und mittags – auf keinen Fall abends – im Rahmen der Mahlzeiten, womit Sie Ihren Bedarf bereits gut decken.

Proteine als Abnehmturbo

Aufwändige Studien belegen, dass proteinreiche Nahrung schneller satt macht und zu einem nachhaltigeren Gewichtsverlust führt als Abnehmmodelle, bei denen lediglich Kalorien stark reduziert werden. Diese Erkenntnis wird bei der Insulin-Trennkost genutzt, die einer der Grundpfeiler des Schlank-im-Schlaf-Prinzips ist.

Auf der Suche nach der Nahrung, die uns schlank macht, ist der Anteil an Kohlenhydraten ständig gestiegen, während der Proteinanteil in Diäten dagegen immer stärker zurückgeht. Die Insulin-Trennkost läuft entgegen diesem Trend, denn sie liefert täglich rund 20 Prozent Eiweiß – und kann damit glänzende Erfolge verzeichnen. Die Gründe dafür:

- Proteine sättigen besonders gut. Dadurch isst man insgesamt weniger und kann das Programm besser durchhalten.
- Proteine verhindern, dass beim Abnehmen der Grundumsatz stark sinkt. Das erleichtert das Abnehmen zusätzlich und sorgt dafür, dass bei »Ausrutschern« oder nach Beendigung des Programms kein Jo-Jo-Effekt einsetzt.
- Mithilfe von Proteinen bleibt die Fett verbrennende Muskelmasse während des Abnehmens besser erhalten. Wer dazu dann noch unser Bewegungsprogramm realisiert, kann sie auf Dauer sogar noch deutlich erhöhen.
- Proteine kurbeln die Wärmebildung an: Der Körper kann Überschüsse nicht speichern, sondern muss sie sofort verbrennen – und Sie müssen nicht mehr frieren.

Bilanzierte Eiweißnahrung als Intensiv-Programm

Bei starkem Übergewicht und einer – in jüngeren Studien unerwartet oft festgestellten – Eiweiß-Mangelernährung kann es sinnvoll sein, im Verlauf der Insulin-Trennkost die Abendmahlzeit durch Protein-Produkte zu ersetzen. Sie enthalten all das, was der Körper täglich an Nährstoffen braucht. Die als »Formulaprodukte« angebotenen Pulver und Drinks haben den Vorteil, dass sie die Tageskalorienmenge stärker reduzieren und einen schnellen Gewichtsverlust unterstützen. Das fördert gerade zu Beginn des Abnehmens die Motivation ungemein und bringt rasch Entlastung. Wenn bereits ernährungsbedingte Krankheiten vorliegen, suchen Sie zuvor bitte einen speziell fortgebildeten Ernährungsmediziner auf, der Gruppen- oder Einzelberatung anbietet.

INFO

Darauf sollten Sie achten

Wählen Sie möglichst ein Produkt, das nur 10 bis 15 g Kohlenhydrate enthält (die aus dem Milchprodukt als Einrührflüssigkeit stammen). Außerdem ist es sinnvoll, wenn das Produkt Quellstoffe, etwa Glucomannose, enthält. Sie binden den Milchzucker, was eine niedrige Insulinreaktion bewirkt.

Wer einen langfristigen Erfolg anstrebt, kann die Formulaprodukte immer wieder für einige Zeit (vor allem bei einem Gewichtsstillstand) einbauen (Stufe 3 beziehungsweise 4 in der Tabelle rechts). Doch wenn die Pfunde wieder purzeln, sollten Sie erst einmal wieder darauf verzichten und die mit der Insulin-Trennkost aufgezeigte ausgewogene Ernährungsform mit drei Mahlzeiten täglich im Abstand von mindestens fünf Stunden umsetzen (Stufe 1 als Normalmodell oder Stufe 2 mit zwei Eiweißmahlzeiten täglich).

Proteine als Abnehmturbo – das 4-Stufen-Programm

Stufe 1 Standard-Insulin-Trennkost (ab Seite 31): Kohlenhydrat-Frühstück – Mischkost-Mittagessen – Eiweiß-Trennkost am Abend
Abnehmerwartung: 2–4 kg pro Monat (in Kombination mit dem Bewegungsprogramm ab Seite 95)

Frühstück: Kohlenhydratmahlzeit
- Brot oder Brötchen mit pflanzlicher Margarine, Konfitüre, Honig, vegetarischem Aufstrich oder
- Müsli mit Saft, Obst, Nüssen; auch Sahne (1–2 EL) und Zucker sind erlaubt
- Kein tierisches Eiweiß: also weder Wurst, Käse, Eier noch Fleisch-, Geflügel- oder Fischprodukte. Keine Milch und Milchprodukte. Butter und Sahne sind jedoch erlaubt

Mittagessen: Mischkostmahlzeit
- Es gibt keine Einschränkung. Nehmen Sie eine abwechslungsreiche, vollwertige Mischkost zu sich (Rezepte ab Seite 31)
- Ausreichend Stärke-Kohlenhydrate in Form von Kartoffeln, Reis, Nudeln oder Brot
- Dazu Geflügel, Fisch, Fleisch oder Ei
- Plus Salat, Gemüse und Obst. Getränke aller Art sind erlaubt

Abendessen: Eiweißmahlzeit
- Kombinieren Sie Fleisch, Fisch, Geflügel oder Ei, Käse, Quark, Naturjoghurt oder Sojaprodukte mit Salat und/oder Gemüse
- Dazu kalorienfreie Getränke wie Tee, Wasser, Light-Getränke; 1 Glas Bier oder Wein ist erlaubt
- Meiden Sie Getreideprodukte, Kartoffeln, Reis, Nudeln, Mais, Hülsenfrüchte, stärkehaltige Soßen, Obst, Süßigkeiten, Limonade und Obstsaft

---

Stufe 2 Turbo-Insulin-Trennkost (siehe Seite 46): Kohlenhydrat-Frühstück – Eiweiß-Trennkost am Mittag – Eiweiß-Trennkost am Abend
Hilft bei leichtem Gewichtsstillstand. Abnehmerwartung: 2–4 kg pro Monat (in Kombination mit dem Bewegungsprogramm ab Seite 95)

Frühstück: Kohlenhydratmahlzeit
- Siehe oben

Mittagessen: Eiweißmahlzeit
- Fleisch, Fisch, Geflügel/Ei, Käse, Quark, Naturjoghurt, Sojaprodukte mit Salat/Gemüse plus Fett

Abendessen: Eiweißmahlzeit
- Fleisch, Fisch, Geflügel/Ei, Käse, Quark, Naturjoghurt, Sojaprodukte mit Salat/Gemüse plus Fett

---

Stufe 3 Intensiv-Trennkost: Kohlenhydrat-Frühstück – Mischkost-Mittagessen – bilanzierte Trinknahrung am Abend
Hilft rascher abzunehmen. Abnehmerwartung: 3–4 kg pro Monat (in Kombination mit dem Bewegungsprogramm ab Seite 95)

Frühstück: Kohlenhydratmahlzeit
- Siehe oben

Mittagessen: Mischkostmahlzeit
- Es gibt keine Einschränkung. Nehmen Sie eine abwechslungsreiche, vollwertige Mischkost zu sich (Rezepte ab Seite 31)
- Ausreichend Stärke-Kohlenhydrate in Form von Kartoffeln, Reis, Nudeln oder Brot
- Dazu Geflügel, Fisch, Fleisch oder Ei
- Plus Salat, Gemüse und Obst. Getränke aller Art

Abendessen: bilanzierte Trinknahrung
- Bilanzierte Trinknahrung nach § 14a bzw. § 14b Diät-Verordnung (Proteine, Fette, Kohlenhydrate, Vitamine, Spurenelemente, Mineralstoffe, Quell- und Ballaststoffe)

Stufe 4 Power-Trennkost: Kohlenhydrat-Frühstück – Eiweiß-Trennkost am Mittag – bilanzierte Trinknahrung am Abend
Hilft (rascher) abzunehmen bei Insulin-Resistenz. Abnehmerwartung: 3–5 kg pro Monat (in Kombination mit dem Bewegungsprogramm ab Seite 95)

Frühstück: Kohlenhydratmahlzeit
- Siehe oben

Mittagessen: Eiweißmahlzeit
- Fleisch, Fisch, Geflügel oder Ei, Käse, Quark, Naturjoghurt oder Sojaprodukte mit Salat und/oder Gemüse plus Fett

Abendessen: bilanzierte Trinknahrung
- Bilanzierte Trinknahrung nach § 14a bzw. § 14b Diät-Verordnung (Proteine, Fette, Kohlenhydrate, Vitamine, Spurenelemente, Mineralstoffe, Quell- und Ballaststoffe)

Nichts wie rein in Ihre vier Power-Wochen

Ob Frühstück, Mittagessen oder Abendessen – die Schlank-im-Schlaf-Küche ist bunt und vielfältig! Alle unsere Rezepte sind für 1 Person berechnet. Wählen Sie jeden Tag eines der Frühstücksmodelle und steigen Sie damit ein in einen Tag ohne Magenknurren. Mittagessen und Abendessen finden Sie bei den jeweiligen Tagen, wobei immer auch die Möglichkeit besteht, ein (Lieblings-)Mittag- oder Abendessen gegen ein anderes auszutauschen. Und dann ist da noch die Bewegung: im Alltag, für Ihre Fitness, für einen straffen, durchtrainierten Körper. Freuen Sie sich auf vier Wochen, die Ihren Körper und Ihr Leben verändern werden.

Morgens wie ein Kaiser

Ihr Einstieg in den 4-Wochen-Power-Plan könnte nicht besser gelingen, denn das Frühstück der Insulin-Trennkost ist so reichlich, dass so manche(r) es zu Beginn der vier Wochen nicht schaffen wird, seine Portion aufzuessen. Aber auch wenn Ihnen die Menge zu reichlich erscheint, essen Sie sich am Morgen so richtig warm. Die Kohlenhydrate, die Sie morgens in Reinform zu sich nehmen, bringen Ihren Stoffwechsel auf Hochtouren. Und das, was in den Zellen nicht verwertet werden kann, wird in Form von Wärme verbrannt. So ist Ihr Warmstart in den Tag garantiert.

Bei den Brotfrühstücken gibt es pro Rezept mehrere Brötchen oder Brote. Sie können sich bei jedem Rezept für Ihre Lieblingsvariante entscheiden und davon so viel essen wie insgesamt angegeben. Nur bei Laugenstangen gilt: Drei Brötchen liefern so viel Energie wie zwei Laugenstangen.

INFO

Getränke zum Frühstück

Bei den Getränken ist außer Milch und Milchprodukten fast alles möglich Wer seinen Kaffee normalerweise mit viel Milch trinkt, muss etwas zurückstecken: 1 TL Milch pro Tasse oder ein Schuss Kaffeesahne ist okay. Oder Sie probieren es mal mit Tee: Ob schwarzer oder grüner Tee, Roibusch- oder Kräutertee – sie alle sind optimale Alternativen zum Kaffee und können auch mit einem Löffel Zucker oder Honig genossen werden. Und dann sind da noch die Säfte. Wenn bei einem Frühstücksrezept noch ein Kohlenhydrat-Puffer drin ist (Sie sollten morgens immer auf etwa 100 g KH kommen), können Sie diesen mit einem Glas Saft oder alternativ mit ein bis zwei Stück Obst auffüllen. Einen guten Überblick, was an Getränken zu welcher Tageszeit erlaubt ist, erhalten Sie übrigens auch auf Seite 20 und 21.

Knuspriges für Süß-Frühstücker

Süße Brötchen

1 Milchbrötchen (ca. 50 g) | 1 Weizenbrötchen (ca. 50 g) | 1 Mehrkornbrötchen (ca. 60 g) | 3 TL Olivenöl-Margarine | 1 TL Konfitüre (z. B. Erdbeere oder Aprikose) | 1 TL Honig | 1 TL Nuss-Nougat-Creme

1 Die Brötchen halbieren und je eine Hälfte anteilig mit der Olivenöl-Margarine bestreichen. Konfitüre, Honig und Nuss-Nougat-Creme auf den Hälften verteilen, die Brötchen zuklappen und genießen.

KH: 89 g | E: 12 g | F: 8 g | kcal: 489

TIPP: Sie können die Brötchen durch 4 Scheiben Vollkorn- oder Bauernbrot, 3 Rosinenbrötchen beziehungsweise 8 Scheiben Knäckebrot ersetzen. Wichtig ist dann jedoch, dass Sie mit dem Brotaufstrich Maß halten. Denn 3 TL Olivenöl-Margarine beziehungsweise 2 1/2 TL Butter oder Pflanzenmargarine sind in puncto Fettgehalt einfach das Limit fürs Frühstück. Bei der Marmelade oder dem Honig dagegen kann es ruhig auch einmal ein Löffel mehr sein.

Ein Schneller-geht's-nicht-Müsli

Knusper-Erdbeeren

250 g Erdbeeren (alternativ 1 kleine Banane oder Birne) | 9 EL Knuspermüsli | 1/4 l Orangensaft

1 Die Erdbeeren abbrausen und putzen. Je nach Größe halbieren und vierteln. In einer Portionsschale mit dem Müsli vermengen und mit dem Saft übergießen.

KH: 97 g | E: 12 g | F: 9 g | kcal: 547

TIPP: Sie können den Orangensaft durch 1 Becher (125 g) Soja-Vanillejoghurt ersetzen.

Für Knusper-Mäuler

Kerniges Müsli

2 EL gehackte Haselnüsse | 1/2 TL Sesamsamen | 2 EL Rosinen | 1/2 TL Leinsamen | 1 TL Honig | 1 TL Butter | 6 EL Mehrkornflocken | 1 kleine Banane | 125 g Vanille-Soja-Joghurt oder 1 Glas Saft | 1 kleiner Apfel

1 Nüsse und Sesam in einer beschichteten Pfanne ohne Fett unter Rühren goldbraun rösten. Die Rosinen abbrausen, abtropfen lassen und in einer Portionsschüssel mit Haselnüssen, Sesam und Leinsamen verrühren.

2 Honig und Butter in der Pfanne langsam schmelzen lassen. Die Mehrkornflocken gut unterrühren. In die Schüssel geben und alles gut vermengen.

3 Die Banane schälen, fein zerdrücken oder mit dem Mixstab pürieren. Joghurt oder Saft unterrühren. Apfel schälen, vierteln und vom Kerngehäuse befreien. Zur Banane raspeln, unterrühren und auf dem Müsli verteilen.

KH: 100 g | E: 13 g | F: 15 g | kcal: 601

Kerniges Brotfrühstück für Gemüsefreaks

Brotallerlei mit Gemüse

2 Scheiben Vollkornbrot (ca. 50 g) | 2 TL Olivenöl-Margarine | 1 kleine Möhre | 1/2 kleiner säuerlicher Apfel | Salz | frisch gemahlener Pfeffer | 1 Msp. Zucker | 1 Spritzer Zitronensaft | 1 EL Sahne | 1 Vollkornbrötchen (ca. 50 g) | 3 große Salatblätter | 1/2 rote Paprikaschote | 4 cm Salatgurke | 1 Laugenstange | 3 EL vegetarischer Brotaufstrich

1 Eine Scheibe Vollkornbrot mit 1 TL Margarine bestreichen. Die Möhre putzen und raspeln. Den Apfel waschen, vom Kerngehäuse befreien und zur Möhre raspeln. Mit Salz, Pfeffer, Zucker und Zitronensaft pikant würzen und mit der Sahne verrühren. Auf der bestrichenen Brotscheibe verteilen, die zweite Scheibe auflegen, gut andrücken und das Brot in Rauten schneiden.

2 Das Brötchen halbieren, die untere Hälfte mit der restlichen Margarine bestreichen. Die Salatblätter waschen, trocken tupfen und 1 Blatt auf die bestrichene Brötchenhälfte legen. Die Paprikaschote von Samen und Scheidewänden befreien, waschen und fein würfeln. Die Gurke schälen, fein würfeln und mit den Paprikawürfeln vermengen. Salzen, pfeffern und auf dem Salatblatt verteilen. Die obere Brötchenhälfte auflegen.

3 Die Laugenstange halbieren, mit dem vegetarischen Aufstrich bestreichen und zusammenklappen. Die restlichen Salatblätter auf einem Teller auslegen. Die Brote und Brötchen darauf anrichten und nach Belieben mit Paprikastreifen garnieren.
KH: 95 g | E: 19 g | F: 16 g | kcal: 610

Bananen-Melonen-Müsli

Supereinfaches Frischkornmüsli

Bananen-Melonen-Müsli

10 EL Getreidekörner | 1 Apfel | 2 TL Zitronensaft | 1 kleine Banane | etwas Erdbeer-Sojamilch | je 4 Walnüsse und Haselnüsse | 150 g Melonenfruchtfleisch

1 Das Getreide grob bis mittelfein schroten und in eine Portionsschale geben. So viel kaltes Wasser unterrühren, dass ein gut rührbarer Brei entsteht. Mit Folie verschließen, über Nacht im Kühlschrank quellen lassen.

2 Den Apfel waschen, vierteln, vom Kerngehäuse befreien und grob raspeln. Mit 1 TL Zitronensaft beträufeln. Die Banane schälen und mit einer Gabel fein zerdrücken. Mit dem restlichen Zitronensaft beträufeln und mit den Apfelraspeln unter das Getreide heben. So viel von der Erdbeer-Sojamilch zugießen, dass ein geschmeidiges Müsli entsteht.

3 Die Nüsse grob hacken und übers Müsli streuen. Das Melonenfruchtfleisch in mundgerechte Würfel schneiden. Mit den Nüssen auf und neben dem Müsli anrichten.
KH: 96 g | E: 17 g | F: 18 g | kcal: 626

Vitaminstullen

Obst-Toasts

6 Scheiben Vollkorntoast (ca. 120 g) | 1 TL Nuss-Nougat-Creme | 1/2 Banane | 1/2 TL Butter | 1/2 kleiner Apfel | 1 Msp. gemahlener Zimt | 2 TL Erdbeer-Rhabarber-Konfitüre | 250 g Erdbeeren

1 Die Toasts hell toasten. Einen davon mit der Nuss-Nougat-Creme bestreichen. Die Banane schälen, zerdrücken, auf der Creme verteilen und mit einem zweiten Toast belegen. Andrücken und quer halbieren.

2 Einen Toast buttern. Den Apfel waschen, vom Kerngehäuse befreien und in Spalten schneiden. Den Toast damit belegen, mit dem Zimt überpudern und mit einer zweiten Scheibe Toast bedecken.

3 Die beiden restlichen Toasts mit der Konfitüre bestreichen. Die Erdbeeren abbrausen, trocken tupfen, putzen und in Scheiben schneiden. Die Brote damit belegen.
KH: 90 g | E: 11 g | F: 11 g | kcal: 521

Tag 1 und 2: Das Einstiegswochenende

Heute geht es los! Endlich ist die Zeit des Zögerns und Überlegens vorbei, jetzt werden Sie aktiv! Am Tag vorher (Freitag) oder heute (Samstag) Vormittag ist Zeit, sich auf die erste Woche einzurichten. Das heißt für Sie: Einkaufszettel schreiben, Einkaufen gehen, die Sportsachen heraussuchen und schon mal überlegen, wie Sie Ihre sportlichen Aktivitäten heute angehen möchten.

Wochenendmotto: **Den Tagesrhythmus dem Rhythmus des Stoffwechsels anpassen**

Dies ist ein ganz wichtiger Schritt, damit Sie gut ins Schlank-im-Schlaf-Programm hineinfinden. Wie Sie auf Seite 15 bereits erfahren haben, kommt Ihr Körper am besten damit klar, wenn zwischen den drei Mahlzeiten Ihr Insulinspiegel wieder auf ein Minimum absinken kann. Das gelingt aber nur, wenn Sie Ihrem Körper Zeit lassen und zwischen den Mahlzeiten jeweils eine Essenspause von mindestens fünf Stunden einlegen. Auch kleine Häppchen zwischendurch sind nicht erlaubt!

Sie werden dies mit Sicherheit auch problemlos durchhalten, weil Sie sich an den drei üppigen Mahlzeiten satt essen können. Denn dadurch kommt ein Lust- und Hungergefühl erst gar nicht auf, und den Griff zu Süßigkeiten, Snacks und Co. können Sie sich schenken.

DAS BRAUCHEN SIE FÜRS ERSTE WOCHENENDE

Frisch einkaufen

Fürs Frühstück: nach Bedarf und Vorliebe, Zutaten ab Seite 27 | 200 g TK-Blattspinat | 300 g Brokkoli (frisch oder TK) | 1 Bund Frühlingszwiebeln | 1 kleines Stück frischer Ingwer | 1 Möhre | 2 Paprikaschoten (1 grüne, 1 rote) | 300 g Rettich | 1/2 Stange Staudensellerie | 1 kleines Bund Minze | 125 g Erdbeeren (ersatzweise Honigmelone) | 150 g Hähnchenbrustfilet | 200 g Putenbrustfilet | 1 Rumpsteak ohne Fettrand (150 g) | 25 g gegartes Flusskrebsfleisch (Kühltheke) | 25 g Räucherlachs | 50 g Frischkäse | 1 Stängel Zitronengras | 1 Nori-Blatt | Wasabi-Paste (Asialaden)

Aus dem Vorrat

Basmati- oder Parboiled-Reis | Sushi-Reis | Eier | Zwiebeln | Knoblauch | Pinienkerne | Bambussprossen (Dose) | Zitronen | Geflügelbrühe | Reisessig | Olivenöl | Rapsöl | Sojasauce | süße Sojasauce | Kokosmilch (Dose) | Salz | Pfeffer aus der Mühle | TK-Basilikum | Curry-Gewürzmischung | Saucenbinder | Honig | Süßstoff

INFO

Das dürfen Sie von Ihrem 4-Wochen-Power-Plan erwarten

Sie wurden bereits von etlichen Abnehmmodellen enttäuscht? Dann liegen Sie mit dem Schlank-im-Schlaf-Konzept richtig. Denn wir versprechen keine Wunder, sondern nur das, was in vier Wochen tatsächlich machbar ist:

- Sie können in den folgenden vier Wochen vier bis fünf Kilo abnehmen, wobei Ihr Körper fast nur reines Fett verliert. Dabei kommt es natürlich auch darauf an, wie viel und wie intensiv Sie sich bewegen.
- Da beim 4-Wochen-Power-Plan nur ein Minimum an Muskelmasse abgebaut wird und dabei die Kalorienzahl im Normalbereich bleibt, gibt es in der »Zeit danach« auch keinen Jo-Jo-Effekt. Sie werden Ihr neues Gewicht also problemlos langfristig halten können.
- Sie werden Spaß an den begleitenden Übungen finden und diese jeden Tag besser und leichter durchführen. Im Laufe der vier Wochen werden Sie Sport treiben können, ohne dabei außer Atem zu kommen.
- Mit sinkendem Gewicht und zunehmender Fitness werden Verspannungen und Rückenprobleme verschwinden. Sie fühlen sich jeden Tag ein bisschen wohler und schöner und strahlen das auch aus.
- Konzentration und Leistungsfähigkeit steigen in dem Maße, in dem Sie an Gewicht verlieren, was auch Ihrem Selbstbewusstsein einen neuen Kick gibt.

Frühstück Samstag

Süße Brötchen

► Rezept und Nährwerte Seite 27

Mit süßen Knuspereien und einer schönen Tasse Kaffee beginnt Ihr Schlank-im-Schlaf-Abenteuer. Essen Sie sich am Frühstück schön satt. So muckt Ihr Magen bis zum Mittagessen garantiert nicht auf.

Mittagessen Samstag

Zitroniger Hähnchenreis

100 g Basmatireis oder Parboiled-Reis | 150 g Hähnchenbrustfilets | 300 g Brokkoli | Salz | 1 Bund Frühlingszwiebeln | 1/2 Bio-Zitrone | 1/2 Stängel Zitronengras | 100 ml Geflügelbrühe | 1 TL Rapsöl | frisch gemahlener Pfeffer | 50 g Frischkäse | 1 EL Saucenbinder

1 Den Reis nach Packungsanleitung in reichlich Salzwasser garen. Abgießen und abtropfen lassen.

2 Die Filets abbrausen, trocken tupfen und in feine Streifen schneiden. Brokkoli putzen, waschen und in feine Röschen teilen. In kochendem Salzwasser 5 Minuten blanchieren.

Zitroniger Hähnchenreis

3 Frühlingszwiebeln putzen, waschen und in Ringe schneiden. Zitrone heiß abwaschen und die Schale mit dem Zestenreißer oder einem scharfen Messer dünn abschälen. Den Saft auspressen.

4 Das Zitronengras abbrausen, einmal brechen und mit Brühe, Zitronenschale und -saft aufkochen. 10 Minuten ziehen lassen.

5 Das Öl in einer großen Pfanne erhitzen und darin die Hähnchenstreifen knusprig braten. Salzen und pfeffern. Reis und Gemüse zugeben und 10 Minuten mitbraten.

6 Den Frischkäse unter die Zitronensauce rühren, aufkochen, mit Salz und Pfeffer würzen und mit dem Saucenbinder leicht andicken. Das Zitronengras herausnehmen und die Sauce über den Reis geben.
KH: 99 g | E: 64 g | F: 16 g | kcal: 797

Abendessen Samstag

Pfeffersteak mit Spinat-Rettich-Salat

200 g TK-Blattspinat | 300 g Rettich | 1 Pck. TK-Basilikum (25 g) | 1 TL Pinienkerne | 1 TL Olivenöl | 1 kleine Knoblauchzehe | Salz | 1 TL grob gemahlener Pfeffer | 1 Rumpsteak ohne Fettrand (150 g)

1 Den Blattspinat auftauen, abtropfen lassen und fein hacken. Den Rettich putzen, schälen und auf dem Gurkenhobel in dünne Scheiben hobeln. Die Pinienkerne in einer Pfanne ohne Fett rösten und beiseite stellen.

2 Spinat und Basilikum vermischen und mit 1 TL Olivenöl beträufeln. Den Knoblauch schälen und dazupressen, mit Salz und wenig Pfeffer würzen und mit dem Rettich vermengen.

3 Das Steak trocken tupfen und mit dem Pfeffer einreiben. Das restliche Öl in einer beschichteten Pfanne erhitzen und das Steak darin von jeder Seite 2 Minuten scharf anbraten. Salzen und abgedeckt 5 Minuten nachziehen lassen. Mit dem Salat anrichten, mit Pinienkernen bestreut servieren.
KH: 10 g | E: 57 g | F: 17 g | kcal: 437

So sieht Ihre Bewegungswoche aus

Wie auch bei den Rezepten erhalten Sie für die Bewegung jeden Tag genaue Anleitungen, was heute auf dem Programm steht. Dabei kehren die einzelnen Elemente Woche für Woche wieder:

Wochentag	Bewegungspensum
Samstag	Muskeltraining 1: Schwerpunkt Rücken- und Bauchmuskeln (siehe ab Seite 108)
Sonntag	Ausgedehnte Freizeitaktivitäten zur Fettstoffwechselaktivierung (siehe Seite 96)
Montag	Ruhetag, Entspannung, Relaxen
Dienstag	Muskeltraining 2: Schwerpunkt obere u. untere Extremitäten (siehe ab Seite 112)
Mittwoch	Ausdauertraining 1 (siehe ab Seite 96)
Donnerstag	Ruhetag, Entspannung, Relaxen
Freitag	Ausdauertraining 2 (siehe ab Seite 96)

Tag 1 – Ihr Bewegungsplan

Heute geht es nicht nur richtig los in Sachen Ernährung, auch bei der Bewegung steht der erste Baustein auf dem Plan. Doch keine Angst: Das Muskelaufbautraining startet behutsam, sodass auch echte Anfänger und Couch-Potatoes sanft in Schwung kommen:

Ihr Pensum heute: Sie starten mit den Übungen, die Sie auf den Seiten 108 bis 111 finden, und absolvieren:

- pro Übung 2 Sätze ...
- ... mit je 1 Minute Pause
- Intensität: mittel
- Dauer: etwa 30 Minuten

Trunz-Coaching-Tipp:

- Es ist nun erst einmal wichtig, Ihre Körpermitte zu stabilisieren. Deshalb starten wir mit dem Schwerpunkt Bauch- und Rückenmuskelübungen, denn mit gestärktem Rücken fallen alle Bewegungen leichter.
- Versuchen Sie, die Übungen sauber auszuführen, also genau so, wie angegeben. Dabei kann ein Spiegel zur Kontrolle hilfreich sein. Falls Ihnen eine Übung schwerfällt, sollten Sie lieber etwas weniger intensiv, dafür aber wie angegeben üben.
- Konzentrieren Sie sich beim Üben auf die Muskeln, die jeweils angesprochen werden. Je deutlicher Sie diese spüren, umso effektiver wird Ihr Muskeltraining.

Ihr Hauptziel heute:

Konzentrieren Sie sich darauf, die Übungen technisch korrekt auszuführen. Lenken Sie Ihre Gedanken auf Ihren Rücken, der heute gestärkt werden soll.

Frühstück Sonntag

Obsttoasts

► Rezept und Nährwerte Seite 29

Diese fruchtig-knusprigen Toasts schmecken lecker nach Schokolade und Banane, nach Apfel und Zimt, Erdbeeren und Rhabarber. Das macht morgens Laune und zudem noch so satt, dass bis zum Mittagessen sicher kein Hunger aufkommt.

Mittagessen Sonntag / Hauptgericht

Sushi at home

100 g Rundkornreis (Sushi-Reis) | 75 ml Reisessig (ersatzweise Weißweinessig) | 1 TL Honig | 1/2 rote Paprikaschote | 1 Möhre | 1/2 Stange Staudensellerie | 25 g gegartes Flusskrebsfleisch (Kühlregal) | 25 g Räucherlachs | 1/2 Ei | 1/2 TL süße Sojasauce | Salz | 1 Nori-Blatt | 1 TL Wasabi-Paste | Sojasauce zum Dippen

1 Den Reis in einem Sieb so lange unter fließendem kaltem Wasser spülen, bis das Wasser klar bleibt. Gründlich abtropfen lassen. Den Reis mit dem Wasser in einem Topf aufkochen. Die Hitze reduzieren und den Reis 15 Minuten zugedeckt köcheln lassen. Den Topf vom Herd nehmen und 5 Minuten nachquellen lassen.

2 Inzwischen den Reisessig mit dem Honig in einem kleinen Topf verrühren. Auf der vom Reiskochen noch warmen Herdplatte so lange unter Rühren erwärmen, bis der Honig sich aufgelöst hat. Beiseite ziehen und die Flüssigkeit abkühlen lassen.

3 Den gegarten Reis auf ein Backblech streichen und mit der Essig-Honig-Mischung beträufeln. Ein Spültuch befeuchten und den Reis damit abdecken.

4 Paprika von Samen und Scheidewänden befreien, waschen und fein würfeln. Möhre schälen und raspeln. Sellerie putzen und fein würfeln. Die Flusskrebse klein schneiden, den Lachs in 4 Stücke schneiden.

5 Das Ei mit der Sojasauce, 1 Prise Salz und 1 EL Wasser verquirlen und in einer beschichteten Pfanne ohne Fett bei mittlerer Hitze ein Omelett backen. Noch warm von außen nach innen so einklappen, dass ein Quadrat entsteht. In 4 Streifen von 5 cm Länge schneiden.

6 Den erkalteten Sushi-Reis dritteln und jeweils mit den Paprikawürfeln, den Möhrenraspeln und den Selleriewürfeln vermengen. Das Noriblatt in 8 Rechtecke schneiden.

7 Für die ersten 4 Sushi 4 Rechtecke mit Paprikareis, Omelettstreifen und etwas Wasabi-Paste belegen. Auf den restlichen Nori-Rechtecken Möhrenreis, etwas Wasabi-Paste und die gehackten Krebse verteilen. Ein Stück Klarsichtfolie in die Handfläche legen, ein belegtes Blatt darauf legen und zu einem Bällchen rollen. Mit den restlichen Noriblättern ebenso verfahren.

8 Für die letzten 4 Sushi die Räucherlachsstücke auf Klarsichtfolienquadrate legen, Wasabi-Paste und Selleriereis darauf verteilen und ebenfalls zu Kugeln drehen. Die Sojasauce in Schälchen als Dip dazu servieren.

KH: 90 g | E: 23 g | F: 6 g | kcal: 528

TIPP: Die Zubereitung ist gar nicht so aufwändig! Sind die Zutaten vorbereitet, sind die Sushi-Röllchen schnell gedreht. Super: Bei der Nährwertbilanz ist noch Luft für ein köstliches Dessert!

Mittagessen Sonntag / Dessert

Minze-Erdbeeren mit Kokosmilch

125 g Erdbeeren (ersatzweise Honigmelone) | 4 Stängel Minze | 75 ml Kokosmilch | Süßstoff nach Belieben

1 Die Erdbeeren vorsichtig abbrausen und putzen. Die Minze abbrausen, die Blättchen abzupfen und in Streifen schneiden. Die Kokosmilch nach Belieben mit Süßstoff süßen und mit den Erdbeeren und der Minze vermengen.

KH: 13 g | E: 2 g | F: 0 g | kcal: 71

TIPP: Die angebrochene Dose Kokosmilch kann fürs Abendessen gleich weiterverwendet werden.

Sushi at home

Abendessen Sonntag

Puten-Gemüse-Curry

200 g Putenbrustfilet | 100 ml Kokosmilch (Fertigprodukt) | 150 ml Geflügelbrühe | 1/2 Knoblauchzehe | 1 walnussgroßes Stück Ingwer | 1 TL Rapsöl | 1 EL Curry-Gewürzmischung | 1 Zwiebel | 1 grüne Paprikaschote | 200 g Bambussprossen (Dose) | 1 TL Sojasauce | Salz | frisch gemahlener Pfeffer

1 Das Filet trocken tupfen und in mundgerechte Stücke schneiden. Kokosmilch mit der Brühe aufkochen. Das Fleisch darin bei mittlerer Hitze 10 Minuten ziehen lassen.

2 Knoblauch und Ingwer schälen und fein hacken. Das Öl in einer beschichteten Pfanne erhitzen und darin Knoblauch, Ingwer und Currypulver kurz anbraten.

3 Das Putenfleisch aus der Milch heben und beiseite legen. Die Gewürze in der Pfanne mit der Kokosbrühe ablöschen und 10 Minuten köcheln lassen.

4 Inzwischen die Zwiebeln schälen und in Spalten schneiden. Die Paprika waschen, vierteln, von Samen und Scheidewänden befreien und in Streifen schneiden. Die Bambussprossen abtropfen lassen und in dünne Streifen schneiden.

5 Das Gemüse zur Sauce geben und 10 Minuten mitköcheln lassen. Das Fleisch zufügen, das Curry aufkochen und mit Sojasauce, Salz und Pfeffer würzen.

KH: 14 g | E: 64 g | F: 15 g | kcal: 473

Tag 2 – Ihr Bewegungsplan

Ihr Pensum heute:

Genießen Sie Ihren Sonntag! Ein zügiger Spaziergang (er sollte in Richtung Walking tendieren) ist eine optimale Ausdauer-Trainingseinheit für den Einstieg, bei der vor allem Ihr Fettstoffwechsel auf Touren kommt. Entscheidend ist, dass Sie ein Tempo finden, das Sie moderat fordert, bei dem Sie sich also noch jederzeit unterhalten könn(t)en.

Trunz-Coaching-Tipp:

- Wärmen Sie sich vor dem Spaziergang mit den Warm-up-Übungen ab Seite 105 auf. Je länger Sie kaum aktiv waren, umso wichtiger ist ein sanfter Einstieg.
- Achten Sie gerade in den ersten Minuten des Spaziergangs darauf, dass Sie nicht zu intensiv unterwegs sind – Sie sollten keinesfalls außer Atem geraten.
- Wenn Sie zu flott losgelegt haben und außer Puste sind, sind auch kurze Pausen erlaubt.
- Wer früher sportlich aktiv war, sollte das Gefühl haben, sich zu unterfordern. Sie können das Tempo in den vier Wochen noch ausreichend steigern.
- Wichtig ist, dass Sie sich die Kräfte so einteilen, dass Sie etwa 1 Stunde aktiv sind, ohne dabei auch nur in die Nähe Ihrer Belastungsgrenze zu geraten.
- Beenden Sie die Trainingseinheit mit den Cool-down-Übungen, die Sie auf Seite 106 finden.

Ihr Hauptziel heute:

Den Körper aktivieren, den Fettstoffwechsel ankurbeln und es dabei locker angehen lassen.

TAG 3: MONTAG

Frisch einkaufen bis Freitag

Fürs Frühstück: Zutaten siehe ab Seite 27 | 250 g gemischte Blattsalate | 250 g TK-Blattspinat | 400 g Blumenkohl | 250 g grüne TK-Bohnen | 300 g Chinakohl | 150 g Feldsalat | 1/2 Bund Frühlingszwiebeln | 1 kleines Stück frischer Ingwer | 550 g Kirschtomaten | 200 g Knollensellerie | 2 gelbe und 1 rote Paprikaschote | 250 g Champignons oder Austernpilze | 2 kleine Rote Beten | 125 g Rucola | 1 kleine Salatgurke | 2 Tomaten | 450 g kleine Zucchini | 1/2 Bund Basilikum | 1/2 Bund Korianderkraut | 1/2 Bund Minze | 50 g Parmaschinken ohne Fettrand | geräucherte Schinkenwürfel | 100 g Tatar | 150 g Scampi oder Garnelen | 200 g Seelachsfilet | 1 Thunfischsteak (100 g, frisch oder TK) | 100 g Frischkäse mit Buttermilch (8 % Fett) | 1 kleines Stück Parmesan (ca. 100 g) | 100 g Schafskäse | 50 ml Buttermilch | 150 g knuspriges Baguette | 1 Vollkornbrötchen | 175 g Vollkornbrot in Scheiben

Aus dem Vorrat

Kartoffeln (fest und mehlig kochend) | Hartweizen-Spaghetti | Reisnudeln | Semmelbrösel | Butter | Eier | Zwiebeln (rot und weiß) | Knoblauch | getrocknete Shiitake-Pilze | getrocknete Aprikosen | getrocknete Tomaten (ohne Öl) | Kürbiskerne | Bio-Zitronen | Bio-Limette | gehackte Tomaten (kleine Dosen) | Gemüsebrühe | Geflügelbrühe | Weißweinessig | Rotweinessig | Aceto balsamico | Olivenöl | Rapsöl | Zitronensaft | Senf | Sesamöl | Sojasauce | Salz | Pfeffer aus der Mühle | getrocknete Kräuter (Majoran, Rosmarin) | TK-Kräuter (Basilikum, italienische Kräutermischung) | Currypulver | Fünf-Gewürze-Pulver | Kokosmilch aus der Dose (kleine Dose)

Frühstück Montag

Knusper-Erdbeeren mit Saft

► Rezept und Nährwerte Seite 28

Starten Sie in Ihre Arbeitswoche mit einem vitaminreichen Müsli, das Sie gleich auf »Betriebstemperatur« bringt.

Mittagessen Montag / auch kalt als Take-away

Frikadellen mit Kartoffelsalat

Für den Kartoffelsalat: 500 g fest kochende Kartoffeln | 250 g grüne TK-Bohnen | 1 gelbe Paprikaschote | 50 ml Gemüsebrühe | 3 TL Weißweinessig | 1 TL Olivenöl | Salz | frisch gemahlener Pfeffer

Für die Frikadellen: 1 Zwiebel | 1/2 Knoblauchzehe | 200 g Knollensellerie | 100 g Tatar | 1 kleines Ei | 1 TL Semmelbrösel | 1 TL getrockneter Majoran

1 Die Kartoffeln in Salzwasser kochen. Abgießen, pellen und in Scheiben schneiden. Die Bohnen in Salzwasser 10 Minuten sprudelnd kochen lassen. Die Paprika von Samen und Scheidewänden befreien und würfeln.

2 Brühe, Essig und Öl verrühren, mit Salz und Pfeffer würzen. Kartoffeln, Bohnen und Paprikawürfel in einer Schüssel vermengen und mit dem Dressing übergießen.

3 Für die Frikadellen Zwiebel und Knoblauch schälen und fein würfeln. Sellerie schälen und fein raspeln. Alles mit 1 EL Wasser in einer Pfanne erhitzen und bei mittlerer Hitze 2 Minuten dünsten. Danach abkühlen lassen.

4 Tatar, Ei, Semmelbrösel und Majoran zugeben, zu einem festen Teig verkneten. Salzen, pfeffern und zu gleichmäßigen Frikadellen formen. Eine beschichtete Pfanne erhitzen und die Frikadellen darin rundum knusprig braun braten. Mit dem Salat genießen.

KH: 92 g | E: 53 g | F: 17 g | kcal: 777

Frikadellen mit Kartoffelsalat

Abendessen Montag

Gegrillter Schafskäse mit Salat

150 g gemischte Blattsalate | 1 rote Paprikaschote | 1 rote Zwiebel | 1/2 TL Rosmarinnadeln | Salz | frisch gemahlener Pfeffer | 3 TL Aceto balsamico | 1 TL Olivenöl | 1 kleine Knoblauchzehe | 100 g Schafskäse | 50 ml Gemüsebrühe

1 Die Salate putzen, waschen und klein zupfen. Die Paprika halbieren, von Samen und Scheidewänden befreien, würfeln. Die Zwiebel schälen und in feine Ringe schneiden. Salatzutaten in einer Schüssel mischen.

2 Den Rosmarin in einem Schüsselchen mit Salz, Pfeffer, Aceto balsamico und Olivenöl verrühren. Den Knoblauch schälen und dazupressen. Den Backofengrill vorheizen. Den Schafskäse in eine Gratinform legen und die Rosmarinmarinade darauf verteilen. Unter dem heißen Grill 15 Minuten gratinieren.

3 Die restliche Marinade mit der Brühe verrühren und den Salat damit anmachen. Den Salat mit dem überbackenen Käse auf einem Teller anrichten und sofort servieren.

KH: 18 g | E: 21 g | F: 21 g | kcal: 331

Tag 3 – Ihr Bewegungsplan

Ihr Pensum heute:

Relaxen und sich an dem erfreuen, was Sie schon geleistet haben! Vielleicht zwickt es hier und da – das ist ganz normal, denn schließlich muss sich Ihr Körper auf die neuen Herausforderungen einstellen.

Trunz-Coaching-Tipp:

Unterstützen Sie die Regeneration, indem Sie sich beispielsweise eine Massage gönnen. Sie können nach einem Entspannungsbad sanft Ihre Muskeln ausstreichen oder mit einem Igelball massieren – oder im Idealfall von Ihrem Partner massieren lassen.

Ihr Hauptziel heute:

Regenerieren, Kräfte sammeln, um morgen mit voller Motivation an die neue Trainingseinheit heranzugehen.

TAG 4: DIENSTAG

Motto des Tages: **Sagen Sie der Bequemlichkeit den Kampf an!**

Wahrscheinlich kennen auch Sie diese Situation: Sie haben sich den ganzen Tag über vorgenommen, nach Feierabend mit dem Training loszulegen – und als es dann so weit ist, fehlt der Elan. Sie fühlen sich träge und müde, und das Sofa scheint Sie geradezu magisch anzuziehen. Nehmen Sie dies nicht kampflos hin, sondern werden Sie aktiv:

- Feuern Sie sich selbst an – am besten laut: »Los jetzt!« und »Ich will das jetzt wirklich!«.
- Recken und strecken Sie sich, tanzen Sie zu Ihrem persönlichen Song des Tages und schütteln Sie damit die lähmende Trägheit und Alltagsmüdigkeit ab.
- Zählen Sie sich die positiven Aspekte auf, die der Sport mit sich bringt – und lassen Sie erst gar keine Gedanken an Gegenargumente aufkommen. Denken Sie etwa daran, wie gut Sie sich nach dem Sport fühlen werden. Und wie stolz Sie sein werden, Ihren inneren Schweinehund überwunden zu haben.

Frühstück Dienstag

Brotallerlei mit Gemüse

► Rezept und Nährwerte Seite 28

Dass es nicht immer Wurst und Käse zum herzhaften Frühstück sein müssen, zeigt dieses Rezept. Ob Möhrenrohkost, bunter Gemüsebelag oder vegetarischer Brotaufstrich – mit diesen leckeren Broten wird der Hunger auf Pikantes sicher gestillt.

Mittagessen Dienstag

Spaghetti mit Tomaten und Rucola

125 g Spaghetti | Salz | 1/2 Zwiebel | 1 Knoblauchzehe | 400 g Kirschtomaten | 125 g Rucola | 1 TL Kürbiskerne | 1 TL Olivenöl | 1/2 Dose gehackte Tomaten (400 g Einwaage) | 1 TL frisch geriebener Parmesan

1 Die Spaghetti in reichlich Salzwasser al dente kochen. Abgießen, abtropfen lassen und bei Bedarf warm halten.

2 Zwiebel und Knoblauch schälen und würfeln. Kirschtomaten waschen und vierteln. Rucola waschen, putzen und die Blättchen in feine Streifen schneiden. Kürbiskerne in einer Pfanne ohne Fett rösten und hacken.

3 Das Olivenöl in einem Topf erhitzen und darin die Zwiebel- und Knoblauchwürfel andünsten. Dosen- und Kirschtomaten zugeben und 10 Minuten köcheln lassen.

4 Den Rucola unterheben und die Sauce einmal aufkochen. Mit den Spaghetti vermengen. Mit Parmesan und Kürbiskernen bestreut servieren.

KH: 102 g | E: 29 g | F: 15 g | kcal: 682

Abendessen Dienstag

Thunfischsteak mit Spinat-Pilz-Gemüse

Für den Thunfisch: 1 Thunfischsteak (à 100 g, frisch oder TK) | 50 ml Geflügelbrühe | 1/2 Knoblauchzehe | 1 TL italienische Kräutermischung (TK)

Für das Gemüse: 250 g TK-Blattspinat | 1/2 Zwiebel | 1 kleine Knoblauchzehe | 250 g Pilze (z. B. Champignons oder Austernpilze) | 1 TL Olivenöl

1 Den Thunfisch abspülen und trocken tupfen. In einer Schüssel Brühe und Kräuter vermischen. Knoblauch schälen und dazupressen, salzen und pfeffern.

2 Den Backofen auf 180 °C vorheizen. 2 Stücke Alufolie abreißen, übereinander legen und zu einer Art Schale formen. Die Folienschale mit dem Fisch belegen und mit Brühe beträufeln. Die Schale oben verschließen und den Fisch im vorgeheizten Ofen 15 Minuten garen.

3 Den Spinat auftauen. Die Zwiebel und den Knoblauch schälen und fein hacken. Die Pilze putzen, bei Bedarf mit Küchenpapier abreiben, und in Scheiben schneiden.

4 Das Olivenöl in einer Pfanne erhitzen und die Zwiebel- und Knoblauchwürfel darin anschwitzen. Die Pilze zugeben und kurz andünsten. Den Spinat zugeben und darin erhitzen. Das Gemüse mit Salz und Pfeffer würzen und zum fertig gegarten Thunfisch servieren.

KH: 4 g | E: 37 g | F: 21 g | kcal: 368

TIPP: Bei den Nährwerten fällt der Fettgehalt ins Auge. Dazu sollten Sie wissen, dass es sich dabei vor allem um Omega-3-Fettsäuren handelt, die der Thunfisch beisteuert. Diese lebenswichtigen (essenziellen) Fettsäuren beugen Herz-Kreislauf-Erkrankungen vor und müssen dem Körper über die Nahrung zugeführt werden.

Wer möchte, kann das Thunfischsteak auch durch 150 g Hähnchenbrustfilet ersetzen. Dadurch steigt der Eiweißgehalt des Gerichts auf 52 g, während gleichzeitig der Fettgehalt auf unter 13 g sinkt.

Tag 4 – Ihr Bewegungsplan

Heute steht beim Muskeltraining die Kräftigung des gesamten Körpers auf dem Programm.

Ihr Pensum heute: Sie starten mit den Übungen auf Seite 112 bis 115 und absolvieren:

- pro Übung 2 Sätze ...
- ... mit je 1 Minute Pause
- Intensität: mittel
- Dauer: etwa 30 Minuten

Trunz-Coaching-Tipp:
Wählen Sie die Belastungsintensität so, dass Sie sich gefordert fühlen, ohne an Ihre Grenze zu gehen. Wichtig: Führen Sie alle Wiederholungen technisch korrekt durch!

Ihr Hauptziel heute:
Finden Sie heraus, wie Sie sich zwar anstrengen, ohne sich jedoch überfordert zu fühlen.

Thunfischsteak mit Spinat-Pilz-Gemüse

TAG 5: MITTWOCH

Motto des Tages: **Korrekturen sind möglich!**

Vergessen Sie allen Diät-Frust und gehen Sie stattdessen entspannt in Ihren fünften Schlank-im-Schlaf-Tag. Denn hier bricht bei einem Ausrutscher nicht gleich das ganze System zusammen. Wer einmal über die Stränge geschlagen hat, kann dies direkt am nächsten Tag wieder korrigieren. Das geschieht aber nicht etwa durch Verzicht, sondern indem Sie beim nächsten Mittagessen einfach mal die Kohlenhydrate – also zum Beispiel Nudeln, Reis oder Kartoffeln – weglassen, dafür die Gemüse- beziehungsweise Salatmenge erhöhen und sich daran so richtig satt essen.

Frühstück Mittwoch

Kerniges Müsli

► Rezept und Nährwerte Seite 28

Mit diesem knusprigen Müsli tanken Sie auf köstliche Art Energie, die garantiert bis zum Mittagessen reicht.

Mittagessen Mittwoch / ideal zum Mitnehmen

Brot-Gemüse-Salat mit Parmaschinken

2 getrocknete Tomaten (ohne Öl) | 2 EL Weißweinessig | 1 kleine Knoblauchzehe | 175 g Vollkornbrot in Scheiben | 1 kleine Zucchini | 2 Tomaten | 1/2 Bund Basilikum | 50 g Parmaschinken ohne Fettrand | 2 EL Rotweinessig | 1 EL Olivenöl | 50 ml Gemüsebrühe | 1 Vollkornbrötchen

1 Die Tomaten mit 1/8 l Wasser und dem Essig in einem Topf aufkochen und 40 Minuten köcheln lassen.

2 Knoblauch schälen, halbieren und die Brotscheiben mit den Schnittflächen einreiben. Das Brot würfeln und in einer beschichteten Pfanne ohne Fett knusprig rösten.

3 Zucchini und Tomaten waschen, mundgerecht würfeln und in einer Schüssel vermengen. Das Basilikum abbrausen, trocken tupfen und die Blätter von den Stängeln zupfen. Den Parmaschinken in feine Streifen schneiden.

4 Den Rotweinessig mit dem Olivenöl und der Brühe verrühren, salzen und pfeffern. Den Knoblauch schälen und dazupressen. Das Dressing über die Zucchini-Tomaten-Mischung gießen und diese ziehen lassen.

5 Die Tomaten aus dem Sud heben, etwas abkühlen lassen und in Streifen schneiden. Unter den Gemüsesalat mischen. Kurz vor dem Servieren Brotwürfel, Schinken und Basilikum unterheben. Das Brötchen in Scheiben schneiden und dazu servieren.

KH: 99 g | E: 31 g | F: 10 g | kcal: 629

Abendessen Mittwoch

Blumenkohl-Curry mit Scampi

150 g Scampi | 1 TL Olivenöl | 1 TL Zitronensaft | 1 Knoblauchzehe | 400 g Blumenkohl | 1 kleines Stück Ingwer | 1/4 l Gemüsebrühe | 1/2 TL Currypulver | 50 ml Kokosmilch | Salz | frisch gemahlener Pfeffer | 1/2 Bund Frühlingszwiebeln | 1/2 Bund Korianderkraut

1 Die Scampi bei Bedarf auftauen, dann abbrausen und trocken tupfen. Öl und Zitronensaft verrühren, Knoblauch schälen und dazupressen. Die Scampi darin marinieren.

2 Blumenkohl putzen, waschen und in Röschen teilen. Ingwer schälen, fein reiben und mit der Brühe und dem Curry in einem Topf verrühren. Aufkochen, Blumenkohl einlegen und in etwa 10 Minuten darin weich dünsten.

3 Kokosmilch zugeben, salzen und pfeffern. Frühlingszwiebeln putzen, waschen und in Ringe schneiden. Kräuter abbrausen, die Blätter abzupfen und in Streifen schneiden. Beides unter das Curry heben.

4 Die Scampi samt Marinade in einer beschichteten Pfanne von jeder Seite 2 Minuten braten. Das Curry anrichten, die Scampi darauf setzen und servieren.

KH: 17 g | E: 39 g | F: 16 g | kcal: 377

Blumenkohl-Curry mit Scampi

Tag 5 – Ihr Bewegungsplan

Ihr Pensum heute:
25 Minuten fettstoffwechselbetontes Ausdauertraining. Heute sollten Sie sich für eine Ausdauersportart entscheiden, die fortan im Vordergrund Ihres Fettstoffwechseltrainings stehen wird. In Frage kommen alle Aktivitäten, bei denen Sie nicht außer Atem geraten. Unsere Favoriten sind Walking, Nordic Walking und Radfahren. Besonders effektiv und gleichzeitig sehr gelenkschonend sind darüber hinaus Schwimmen oder Aquajogging. Orientieren Sie sich an Ihrer individuellen Trainingspulsfrequenz für das Fettstoffwechseltraining (siehe Seite 104). Warm-up und Cool-down dabei nicht vergessen (ab Seite 105)!

Trunz-Coaching-Tipp:

- Achten Sie darauf, nicht außer Atem zu geraten. Bei Bedarf können Sie kurze Aktivpausen einlegen, bis Ihr Puls sich wieder etwas beruhigt hat.
- Wer früher sportlich aktiv war, sollte sich »subjektiv unterfordern«, also immer eine Spur unter der möglichen Leistung bleiben.
- Teilen Sie sich Ihre Kräfte so ein, dass Sie eine knappe halbe Stunde aktiv sind, ohne dabei auch Ihre Pulsgrenze zu überschreiten.

Ihr Hauptziel heute:
Die Belastung genau dosieren, immer wieder Pulskontrollen einbauen (siehe Seite 104).

TAG 6: DONNERSTAG

Motto des Tages: **Durch Trinken den Grundumsatz erhöhen**

Die Berliner Charité hat festgestellt, dass Wassertrinken zu einem höheren Grundumsatz führt. Wenn Sie täglich 1,5 bis 2 Liter (Mineral-)Wasser trinken, erhöht sich Ihr Grundumsatz um bis zu 100 kcal, weil der Körper mehr Pumparbeit leistet. Das entspricht pro Jahr 36000 kcal und damit dem Brennwert von etwa fünf Kilo Fett!

Frühstück Donnerstag

Bananen-Melonen-Müsli

▸ Rezept und Nährwerte Seite 29

Probieren Sie dieses Frischkornmüsli aus, das Sie am Tag vorher einweichen müssen. Mal sehen, in welcher Variation es Ihnen am besten schmeckt.

Mittagessen Donnerstag

Bunter Feldsalat mit Kartoffeldressing und Baguette

150 g Feldsalat | 150 g Kirschtomaten | 1 gelbe Paprikaschote | 25 g getrocknete Aprikosen

Für das Dressing: 1 kleine Zwiebel | 1 EL geräucherte Schinkenwürfel | 60 ml Gemüsebrühe | 20 g gekochte Kartoffel (mehlig kochend) | 3 TL Weißweinessig | 1/2 TL Senf | Salz | frisch gemahlener Pfeffer | 150 g Baguette

1 Den Feldsalat verlesen, putzen, gründlich waschen und trocken schleudern. Die Kirschtomaten waschen und halbieren. Die Paprika von Samen und Scheidewänden befreien, waschen und fein würfeln. Die Aprikosen ebenfalls fein würfeln. Alle Salatzutaten in einer großen Salatschüssel mischen.

2 Für das Dressing die Zwiebel schälen und fein würfeln. Die Schinkenwürfel in einer beschichteten Pfanne ohne Fett anbraten. Die Zwiebelwürfel dazugeben und glasig dünsten. Mit der Brühe ablöschen. Die Kartoffel mit einer Gabel zerdrücken. Essig, Senf und die Kartoffel in die Pfanne geben, verrühren und das Dressing fein pürieren.

3 Das Dressing über den Salat träufeln, alles gut vermengen und sofort mit dem in Scheiben geschnittenen Baguette servieren.

KH: 103 g | E: 21 g | F: 4 g | kcal: 555

TIPP: Prima zum Mitnehmen, wenn Sie Salatzutaten und Dressing separat transportieren und kurz vor dem Servieren vermengen.

Bunter Feldsalat mit Kartoffeldressing und Baguette

Abendessen Donnerstag

Frischkäse-Zucchini-Frittata

1 kleine Knoblauchzehe | 300 g Zucchini | 100 g Frischkäse mit Buttermilch (8 % Fett) | 1 großes Ei | 1 TL frisch geriebener Parmesan | Salz | frisch gemahlener Pfeffer | 1 TL Butter

Für den Salat: 1/2 Salatgurke | 1/2 Bio-Zitrone | 50 ml Buttermilch

1 Den Knoblauch schälen. Die Zucchini waschen, putzen und fein raspeln. Eine beschichtete Pfanne erhitzen und die Zucchiniraspel darin andünsten. Den Knoblauch dazupressen und zusammen weitere 5 Minuten dünsten. Vom Herd ziehen und etwas abkühlen lassen.

2 Den Frischkäse mit dem Ei, dem geriebenen Parmesan, Salz und Pfeffer glatt rühren und mit der Zucchinimasse vermengen.

3 Die Butter in der Pfanne schmelzen. Die Zucchini-Eier-Masse zugeben, glatt streichen und bei mittlerer Hitze auf der Unterseite goldbraun braten. Mithilfe eines Tellers oder Topfdeckels umdrehen und fertig braten.

4 Die Salatgurke waschen beziehungsweise schälen und in Scheiben schneiden oder hobeln. Die Zitrone heiß abwaschen; die Schale fein abreiben und den Saft auspressen. Buttermilch, Zitronenschale und -saft mit Salz und Pfeffer würzen und die Gurkenscheiben damit anmachen. Die Frittata in Stücke schneiden und mit dem Salat anrichten.

KH: 18 g | E: 34 g | F: 16 g | kcal: 391

Tag 6 – Ihr Motivations- und Entspannungstag

Ihr Pensum heute:

Nach dem gestrigen Ausdauertraining ist heute Ruhe angesagt. Probieren Sie doch einmal das »Beruhigende Atmen« aus. Dabei handelt es sich um eine Yoga-Übung, die nicht nur den Stoffwechsel optimiert, sondern auch Willenskraft schenkt.

Übung: Beruhigendes Atmen

- Legen Sie sich auf den Rücken. Die Beine liegen entspannt nebeneinander, die Füße fallen locker nach außen. Die Arme liegen neben dem Körper, die Handflächen zeigen nach oben. Der ganze Rücken liegt auf der Matte auf, die Schultern ruhen entspannt auf dem Boden. Der Nacken ist angenehm gedehnt, das Kinn leicht zur Brust gezogen.
- Lassen Sie beim Einatmen den Atem durch die Nase tief in den Bauch strömen. Atmen Sie dabei im eigenen Atemrhythmus und gönnen Sie Ihrem Atem eine Pause, wenn er sie braucht.
- Wer möchte, kann sich dabei vorstellen, dass er mit jedem Einatmen Willenskraft in sich aufnimmt, die sich beim Ausatmen im ganzen Körper ausbreitet. Beenden Sie die Übung, indem Sie einige bewusste Atemzüge nehmen und nach und nach wieder in Bewegung kommen.

Ihr Hauptziel heute:

Den verdienten Ruhetag genießen. Willenskraft und Energie für die nächsten Tage tanken.

TAG 7: FREITAG

Motto des Tages: **Ganz nebenbei auch im Alltag aktiv werden!**

Wahrscheinlich bewegen Sie sich mit unseren Tagesplänen bereits mehr als bisher. Darf es noch ein bisschen mehr sein? Ohne viel Aufwand können Sie für ein zusätzliches Plus an Bewegung sorgen. Stellen Sie Ihr Auto doch mal ein paar Minuten vom Büro entfernt ab und gehen den restlichen Weg in zügigem Tempo zu Fuß. Oder Sie steigen eine Station früher aus Bus oder Bahn aus und legen so eine überschaubare Strecke zu Fuß zurück. Lassen Sie darüber hinaus den Lift Lift sein und steigen Sie die Treppen hoch. Bauen Sie nach dem Essen anstelle eines Pläuschchens in der Cafeteria einen zügigen Zehn-Minuten-Spaziergang mit Kollegen ein und erledigen Sie Ihre Einkaufe des Tages doch mal zu Fuß oder mit dem Fahrrad. Keine dieser Aktionen verbraucht Unmengen von Energie. Doch in der Summe kommen da gut und gerne 200 zusätzlich verbrannte Kalorien pro Tag heraus – und auf die sollten Sie auf keinen Fall verzichten.

Frühstück Freitag

Obst-Toasts

▸ Rezept und Nährwerte Seite 29

Bei diesen köstlichen Frühstückstoasts gilt: Probieren Sie erst einmal alle drei Möglichkeiten durch. Vielleicht wird ja eine davon zu Ihrer Lieblingsvariante auserkoren. Dann können Sie diesen Toast beim nächsten Mal sogar gleich mehrfach genießen!

Mittagessen Freitag

Chinesische Pilz-Nudel-Pfanne

25 g getrocknete Shiitake-Pilze | 100 g Reisnudeln (Bandnudeln) | 1/2 Chinakohl (ca. 300 g) | 1 TL Sesamöl | 1 EL Sojasauce | 1/2 TL Fünf-Gewürze-Pulver | Salz | frisch gemahlener Pfeffer

1 Die Pilze in einer Schüssel mit warmem Wasser bedecken und quellen lassen, bis sie weich sind. In ein Sieb gießen (das Einweichwasser dabei auffangen) und abtropfen lassen. Harte Stiele entfernen und große Pilze halbieren.

2 Die Reisnudeln 15 Minuten in kaltem Wasser einweichen. In einem Sieb mit kaltem Wasser abspülen und 5 Minuten in kochendem Wasser garen. Den Chinakohl putzen, waschen und in feine Streifen schneiden.

3 Das Sesamöl im Wok oder einer Pfanne mit hohem Rand stark erhitzen. Die Pilze darin kurz anbraten. Den Chinakohl zugeben und beides zusammen etwa 5 Minuten unter ständigem Rühren braten. Die abgetropften Reisnudeln zugeben und kurz mitbraten.

4 Die Sojasauce mit 100 ml des aufgefangenen Pilzwassers verrühren und den Pfanneninhalt damit ablöschen. Mit dem Fünf-Gewürze-Pulver würzen und unter Rühren weitere 5 Minuten braten. Mit Salz und Pfeffer nachwürzen und mit etwas Fünf-Gewürze-Pulver abschmecken.

KH: 92 g | E: 22 g | F: 10 g | kcal: 540

TIPP: Schmeckt sagenhaft, ist schnell zubereitet und – abgesehen vom Chinakohl – aus dem Vorrat zusammenzustellen.

Abendessen Freitag

Seelachsfilet mit Roter Bete und Minzsalat

Für die Rote Bete: 2 Rote Beten (150 g) | Salz | 1 EL Weißweinessig | 1 TL Senf | frisch gemahlener Pfeffer

Für den Salat: 1/2 Bund Minze | 100 g Blattsalat | 1 EL Rapsöl | 1 EL Sojasauce | 1 TL Weißweinessig

Für das Filet: 200 g Seelachsfilet | 1/2 Limette

1 Die Roten Beten schälen und in kochendem Salzwasser in etwa 30 Minuten weich garen. Abgießen und in dünne Scheiben schneiden. Essig mit Senf glatt rühren, salzen und pfeffern. Die Roten Beten darin marinieren.

2 Für den Salat die Minze abbrausen, trocken tupfen und die Blättchen von den Stängeln zupfen. Den Salat putzen, waschen und klein zupfen. Das Rapsöl mit der Sojasauce und dem Essig zu einem cremigen Dressing aufschlagen und mit Salz und Pfeffer würzen.

3 Die Fischfilets abbrausen und trocken tupfen. Die Limette heiß abwaschen, abtrocknen, die Schale fein abreiben und den Saft auspressen. Die Filets mit dem Saft beträufeln, dann mit Salz, Pfeffer und Limettenschale würzen.

4 Den Seelachs in einem Dämpftopf 10 Minuten über dem Wasserdampf garen. Den Salat mit der Minze mischen und mit dem Dressing beträufeln. Mit der Roten Bete anrichten, die Filets daneben setzen und sofort servieren.

KH: 18 g | E: 41 g | F: 17 g | kcal: 404

Tag 7 – Ihr Bewegungsplan

Ihr Pensum heute:
Systematisches, pulskontrolliertes Ausdauertraining wie am fünften Tag. Steigern Sie allmählich den Trainingsumfang: Heute trainieren Sie bereits 30 Minuten am Stück!

Trunz-Coaching-Tipp:
Wenn es Ihnen beim letzten Mal schwer gefallen ist, Ihren Puls im erlaubten Rahmen zu halten, sollten Sie noch einmal das Tempo reduzieren und/oder hin und wieder kleine Verschnaufpausen einbauen, bis die Pulsfrequenz wieder deutlich unter die individuelle Vorgabe absinkt. So schaffen Sie es, bereits eine halbe Stunde aktiv zu sein und entsprechend viele Kalorien zu verbrennen.

Ihr Hauptziel heute:
Weiter an der Belastungsdosierung feilen, allmählich das Pensum steigern. Und die Bewegung genießen!

Seelachsfilet mit Roter Bete und Minzsalat

Tag 8 und 9: Das zweite Wochenende

Hätten Sie gedacht, dass Sie die erste Woche so problemlos und vor allem ohne Hunger schaffen würden? Sie haben den Anfang gemacht – und können sich nun erst einmal über Ihre Erfolge freuen.

Stellen Sie sich auf die Waage und nehmen Sie Ihr Maßband zur Hand. Wie viele Pfunde und Zentimeter sind inzwischen gepurzelt? Sicher so viele, dass Sie voller Elan in die nächste Woche starten. Und auch diese Woche beginnt mit viel Genuss und Entspannung am Wochenende. Genießen Sie die köstlichen Gerichte, freuen Sie sich über Ihre Fortschritte und fühlen Sie sich so richtig wohl in Ihrer Haut!

Motto des Wochenendes: **Bei Bedarf den Abnehmturbo einschalten**

Sie haben sich streng ans Rezept-Programm gehalten, Ihre Bewegungseinheiten absolviert, und trotzdem purzeln die Pfunde nur zaghaft? Dann sollten Sie für einige Tage mittags auf die Mischkost verzichten und auf Eiweiß-Trennkost umstellen. Das heißt: Sie starten morgens wie gewohnt mit einem Kohlenhydrat-Frühstück, mittags und abends lassen Sie dann aber die Kohlenhydrate links liegen und essen sich stattdessen an Eiweiß, Gemüse und Salat satt. Dafür tauschen Sie einfach das Mischkost-Mittagessen durch ein beliebiges Abendessen des 4-Wochen-Plans aus. Sollten Sie davon trotz der reichlichen Mengen nicht satt werden, können Sie das Gericht noch um einen Salat (Blatt- oder Gemüsesalat) erweitern. Kohlenhydrate sind tabu – es stehen also auch keine Desserts auf dem Speiseplan! Wenn Sie beim Abnehmen noch ein, zwei Gänge mehr hochschalten wollen, finden Sie ab Seite 24 die nötigen Infos.

DAS BRAUCHEN SIE FÜRS ZWEITE WOCHENENDE

Frisch einkaufen

Fürs Frühstück: Zutaten siehe ab Seite 27 | 100 g gemischte Blattsalate | 100 g Champignons oder Steinpilze | 400 g braune Champignons oder Shiitake-Pilze | 125 g Kirschtomaten | 300 g Kürbisfleisch (Muskat- oder Butternuss-Kürbis) | 400 g Lauch | 200 g Möhren | 200 g Staudensellerie | 150 g Wirsing | 2 kleine reife Birnen | 100 g Kalbsschnitzel | 125 g mageres Rindfleisch | 100 g Camembert (Halbfettstufe) | 100 g fettarmer Frischkäse (20 % Fett i. Tr.) | 1 kleine Packung Ziegenfrischkäse

Aus dem Vorrat

Kartoffeln | Instant-Couscous | Mehl | Eier | Zwiebeln | Knoblauch | Walnüsse | Tomatenmark | Gemüsebrühe | Fleischbrühe | weißer und dunkler Aceto balsamico | Nussöl | Olivenöl | Rapsöl | Zitronensaft | Honig | Vanillestange | Salz | Pfeffer aus der Mühle | getrocknete Kräuter (Thymian) | TK-Schnittlauch | edelsüßes Paprikapulver | Speisestärke

Frühstück Samstag

Freie Wahl

▸ Rezepte und Nährwerte ab Seite 27

Gerade am Wochenende sollten Sie Ihr Frühstück genießen. Denn nun haben Sie Zeit, Ihren Kohlenhydrat-Hunger in aller Ruhe zu befriedigen und sich danach über die wohlige Wärme und die Energie zu freuen, die sich in Ihnen breit macht ...

Couscous-Gemüse-Kuchen

Mittagessen Samstag

Couscous-Gemüse-Kuchen

1/8 l Gemüsebrühe | 1 kleine Knoblauchzehe | 100 g fettarmer Frischkäse (20 % Fett i. Tr.) | 1 TL Thymianblättchen | Salz | frisch gemahlener Pfeffer | 100 g Instant-Couscous | 150 g Wirsing | 200 g Möhren | 100 g Pilze (z. B. Champignons oder Steinpilze) | 125 g Kirschtomaten | 1 großes Ei | 1 TL Speisestärke

1 100 ml von der Gemüsebrühe abmessen und in einen kleinen Topf gießen. Den Knoblauch schälen und dazupressen. Den Frischkäse mit dem Thymian zugeben und die Mischung mit dem Schneebesen glatt rühren. Mit Salz und Pfeffer würzen und aufkochen. Vom Herd nehmen und etwas abkühlen lassen.

2 Parallel dazu Wasser erhitzen und den Couscous damit nach Packungsanleitung übergießen und quellen lassen. Nach Ablauf der Quellzeit überschüssiges Wasser abgießen und den Couscous in einer mit Backpapier ausgekleideten Springform verteilen.

3 Inzwischen den Wirsing putzen, waschen, in feine Streifen schneiden und in Salzwasser 2 Minuten blanchieren. Die Möhren schälen, putzen, in Scheiben schneiden und im gleichen Wasser 1 Minuten blanchieren. Die Pilze putzen und in Scheiben schneiden. Tomaten waschen und halbieren. Den Backofen auf 180 °C vorheizen.

4 Die restliche Brühe in einer Pfanne erhitzen. Die Pilze zugeben, andünsten, mit Salz und Pfeffer würzen und auf dem Couscous verteilen. Möhren und Wirsing darüberschichten, zuletzt die Tomaten mit den Schnittflächen nach oben darauf verteilen.

5 Das Ei aufschlagen und mit der Stärke verquirlen. Unter die Frischkäsesauce rühren und über den Kuchen gießen. Im Backofen in etwa 45 Minuten goldgelb backen.

KH: 89 g | E: 46 g | F: 10 g | kcal: 646

TIPP: Sie haben heute einen kleinen Kohlenhydratpuffer zur Verfügung, etwa für 1 kleinen Apfel oder 1 kleine Birne zum Nachtisch.

Abendessen Samstag

Gefüllte Kalbsschnitzel mit Pilz-Lauch-Gemüse

100 g Kalbsschnitzel | Salz | frisch gemahlener Pfeffer | 400 g Pilze (z. B. braune Champignons oder Shiitake-Pilze) | 400 g Lauch | 1 EL Ziegenfrischkäse | 1/2 Pck. TK-Schnittlauch (12,5 g) | 1 TL Olivenöl | 3 EL Fleischbrühe | 1/2 TL edelsüßes Paprikapulver | 1 TL Aceto balsamico

1 Schnitzel trocken tupfen und flach klopfen. Salzen und pfeffern. Die Pilze mit Küchenpapier abreiben, dann vierteln oder halbieren. Den Lauch putzen, waschen und in Ringe schneiden. Den Backofen auf 100 °C vorheizen.

2 Den Frischkäse mit der Hälfte der Schnittlauchröllchen verrühren. Die Käsemasse auf die Kalbsschnitzel streichen, die Schnitzel einmal zuklappen und jeweils mit einem Zahnstocher fixieren.

3 Das Olivenöl erhitzen und die Schnitzel darin von jeder Seite 1 Minute anbraten. Aus der Pfanne nehmen und im Backofen 10 Minuten nachziehen lassen.

4 Pilze im verbliebenen Öl anbraten. Mit Brühe ablöschen und mit Paprika, Salz und Pfeffer würzen. 5 Minuten dünsten, Lauch zugeben und 5 Minuten mitgaren.

5 Mit Aceto balsamico, Salz und Pfeffer abschmecken. Schnitzel und Gemüse auf einem Teller anrichten und mit den restlichen Schnittlauchröllchen bestreuen.

KH: 16 g | E: 41 g | F: 16 g | kcal: 377

TIPP: Das ohnehin schnell zubereitete Abendessen kann durch TK-Pilze und -Lauchringe noch einen Zahn zulegen. Nicht verzichten sollten Sie jedoch auf den Ziegenfrischkäse – er bringt nämlich erheblich mehr Geschmack mit als solcher aus Kuhmilch.

Tag 8 – Ihr Bewegungsplan

Heute steht der zweite Schritt beim Muskeltraining mit Schwerpunkt Rücken- und Bauchmuskeln auf dem Programm. Die Übungen kennen Sie ja bereits.

Ihr Pensum heute: Sie beginnen mit den Übungen, die Sie auf den Seiten 108 bis 111 finden, und absolvieren bei diesem zweiten Durchgang:

- pro Übung 2 Sätze ...
- ... mit je 1 Minute Pause
- Intensität: mittel
- Dauer: etwa 30 Minuten

Trunz-Coaching-Tipp:
Heute kommt es darauf an, weiter an der Übungstechnik zu arbeiten, damit Ihr Workout an Effektivität zunimmt. Wenn Sie heute vielleicht schon mehr Wiederholungen als beim letzten Mal schaffen, dann wird das in erster Linie an einer verbesserten Koordination liegen – echte Kräftigungseffekte setzen etwas später ein.

Ihr Hauptziel heute:
Sie sollten versuchen, Ihre Übungsabläufe technisch noch weiter zu verbessern.

Frühstück Sonntag

Freie Wahl

► Rezepte und Nährwerte ab Seite 27

Das zweite Sonntagsfrühstück im Rahmen des Schlank-im-Schlaf-Programms lädt Sie zum gemütlichen Schlemmen ein. Nehmen Sie sich nach Herzenslust Zeit dafür! Brühen Sie sich vielleicht eine schöne Kanne Tee dazu und gleiten Sie auf diese Weise genießerisch in einen Tag, der drei leckere Mahlzeiten und eine angenehme Portion Bewegung für Sie bringt ...

Mittagessen Sonntag / Hauptgericht

Gulasch mit Kürbis

125 g Zwiebeln | 125 g mageres Rindfleisch | 1 TL Rapsöl | 1 TL Mehl | 1 TL Tomatenmark | Salz | frisch gemahlener Pfeffer | 200 ml Gemüsebrühe | 300 g Kürbisfleisch (Muskat- oder Butternuss-Kürbis) | 350 g Kartoffeln

1 Die Zwiebeln schälen und längs in Spalten schneiden. Das Rindfleisch mit Küchenpapier trocken tupfen und in mundgerechte Würfel schneiden.

2 Das Öl erhitzen, die Fleischwürfel darin rundum anbraten. Die Zwiebeln zugeben, mit dem Mehl bestäuben und kurz mitbraten. Das Tomatenmark hinzufügen, salzen und pfeffern. Unter Rühren alles 5 Minuten kräftig anbraten.

3 Mit der Brühe ablöschen und 1 Stunde bei mittlerer Hitze schmoren. Inzwischen die Kartoffeln schälen und in Salzwasser kochen. Abgießen und bei Bedarf warm halten.

4 Inzwischen den Kürbis putzen, schälen, entkernen und würfeln. Nach Ablauf der Garzeit zum Gulasch geben und 10 Minuten mitgaren. Mit den Kartoffeln auf einem Teller anrichten und servieren.

KH: 79 g | E: 41 g | F: 18 g | kcal: 647

TIPP: Wer dieses leckere Gulasch außerhalb der Kürbissaison genießen möchte, kann stattdessen auf die gleiche Menge Kohlrabi oder Petersilienwurzeln zurückgreifen. Die Zubereitung sowie die Garzeiten ändern sich dadurch nicht.

Gulasch mit Kürbis

Mittagessen Sonntag / Dessert

Vanillebirnen

1 kleine reife Birne | 1/4 Vanillestange | 1/2 TL Honig | 1 TL Zitronensaft

1 Die Birne waschen, vierteln und mit einem Teelöffel das Kerngehäuse entfernen.

2 Die Vanillestange mit einem scharfen Messer längs aufschlitzen und das Mark herauskratzen. Den Backofen auf 180 °C vorheizen.

3 Den Honig, den Zitronensaft und das Vanillemark verrühren. Die Birnenhälften mit den Schnittflächen nach oben auf je ein Stück Bratfolie legen und mit dem Vanillehonig beträufeln.

4 Die ausgekratzte Vanillestange in 2 etwa gleich große Stücke schneiden und je 1 Stück zu jeder Birnenhälfte legen. Die Birnen verschließen und im vorgeheizten Backofen 15 Minuten schmoren.

KH: 22 g | E: 1 g | F: 0 g | kcal: 88

Abendessen Sonntag

Sellerie-Käse-Salat

200 g Staudensellerie | 100 g Camembert (Halbfettstufe) | 1 EL weißer Aceto balsamico | 1 TL Nussöl | 50 ml Gemüsebrühe | 100 g gemischte Blattsalate | 2 Walnusshälften | 1/2 Pck. TK-Schnittlauch (12,5 g)

1 Den Sellerie in Stangen teilen, waschen und putzen. Das Grün gegebenenfalls abschneiden und beiseite legen. Die Selleriestangen in feine Scheiben schneiden. Den Camembert würfeln und mit den Selleriescheiben in einer Salatschüssel mischen.

2 Den weißen Balsamico mit dem Öl und der Gemüsebrühe verrühren und mit Salz und Pfeffer würzen. Die Marinade über die Sellerie-Käse-Mischung gießen und 30 Minuten ziehen lassen.

3 Inzwischen die Salatblätter waschen, putzen, trocken schleudern und in mundgerechte Stücke zupfen. Die Walnüsse hacken. Den Schnittlauch abbrausen, trocken tupfen und mit einem scharfen Messer in feine Röllchen schneiden. Das Selleriegrün fein hacken.

4 Salat, Nüsse und Schnittlauch unter die Sellerie-Käse-Mischung mengen. Den Salat mit dem Selleriegrün bestreuen und sofort servieren.

KH: 7 g | E: 30 g | F: 19 g | kcal: 289

TIPP: Die folgende Variante der Sellerie-Käse-Kombination eignet sich prima für Gäste oder zum Mitbringen fürs kalte Büffet – oder einfach, wenn Sie Fingerfood lieben: Erhöhen Sie die Mengen entsprechend. Schneiden Sie die geputzten, eventuell entfädelten Stangen in etwa fünf Zentimeter lange Stücke. Zerdrücken Sie den Camembert mit einer Gabel und vermengen Sie ihn mit den Dressingzutaten und den Schnittlauchröllchen. Die Käsecreme in die Wölbung der Selleriestücke füllen, auf den Salatblättern anrichten und mit den gehackten Walnüssen bestreuen.

Tag 9 – Ihr Bewegungsplan

Ihr Pensum heute:
Heute ist wieder eine ausgedehnte, dafür wenig intensive Ausdauereinheit von etwa 90 Minuten angesagt. Dadurch soll Ihr Fettstoffwechsel so richtig auf Trab kommen. So wird er nach und nach »lernen«, dass sich Ihre Fettdepots prima zur Energiegewinnung eignen.

Trunz-Coaching-Tipp:
Auch diesmal sind im Grunde alle Aktivitäten geeignet, mit denen Sie Ihr Herz-Kreislauf-System dauerhaft – und dabei ziemlich entspannt – auf Touren bringen. Neben den bereits erwähnten Ausdauersportarten kommen heute auch Wandern und sogar fordernde Gartenarbeiten in Frage. Wie auch immer: Sie packen die 90 Minuten am besten mit Aktivitäten voll, die Ihnen Spaß bereiten und Sie an der Untergrenze fordern – also so, dass Sie sich noch unterhalten könn(t)en.

Ihr Hauptziel heute:
Den Körper aktivieren, den Fettstoffwechsel ankurbeln und es dabei locker angehen lassen – genau passend für einen Sonntag! Genießen Sie in vollen Zügen die Entspannung, die leckeren Mahlzeiten und die erfrischende Bewegung. All das bringt Sie wieder einen Schritt näher zu Ihrem Wunschgewicht.

Das sind ja herrliche Aussichten:
Tun Sie am Sonntag, was Ihnen Spaß macht.

TAG 10: MONTAG

DAS BRAUCHEN SIE FÜR DIE ZWEITE WOCHE

Frisch einkaufen bis Freitag

Fürs Frühstück: Zutaten siehe ab Seite 27 | 200 g TK-Blattspinat | 1 kleiner Eisbergsalat | 1 Fenchelknolle (etwa 200 g) | 1 Bund Frühlingszwiebeln | 100 g Kirschtomaten | 200 g Möhren | 4 Paprikaschoten (3 gelbe, 1 rote) | 250 g Pilze (z. B. Champignons) | 50 g Rucola | 125 g frische Soja- oder Mungobohnensprossen | 400 g Spargel (ersatzweise TK) | 400 g reife Tomaten | 250 g TK-Wirsing | 150 g Zucchini | 1 Bund Kerbel | 1 kleines Bund Petersilie | 1 Apfel | 125 g Geflügellebern | 100 g Hähnchenbrustfilet | 150 g Kalbsschnitzel | 150 g Putenschnitzel | 75 g Matjesfilet (frisch) | 375 g Miesmuscheln (frisch oder TK) | 40 g Schafskäse | 1 kleiner Becher fettarmer Frischkäse | 50 g fettarmer Joghurt | 1 Becher Dickmilch | Crème légère

Aus dem Vorrat

Kartoffeln (fest kochend) | Hartweizen-Bandnudeln | Vollkornnudeln (z. B. Penne) | Tortillafladen (3 Fladen à 40 g) | Mais aus der Dose | Zwiebeln | Knoblauch | Butter | Eier | Erdnüsse | getrocknete Aprikosen | Schältomaten (kleine Dosen) | getrocknete Tomaten (ohne Öl) | Gemüsebrühe | Geflügelbrühe | Weißweinessig | weißer Aceto balsamico | Olivenöl | Rapsöl | Sesamöl | Zitronensaft | Sojasauce | süße Sojasauce | Salz | Pfeffer aus der Mühle | TK-Kräuter (Basilikum, italienische Kräutermischung, Petersilie, Schnittlauch, gemischte Kräuter) | Chilipulver | Fünf-Gewürze-Pulver | edelsüßes Paprikapulver | Senf | Kapernfrüchte und Kapern

Frühstück Montag

Freie Wahl

► Rezepte und Nährwerte ab Seite 27

Ob es am Montagmorgen schnell gehen muss oder Sie viel Zeit für das Frühstück Ihrer Wahl haben: Denken Sie daran, dass das eine oder andere Müsli bereits am Abend vorher eingeweicht werden muss.

Mittagessen Montag / gut zum Mitnehmen

Bunter Kartoffeleintopf

1 Zwiebel | 1 kleine Knoblauchzehe | 600 g festkochende Kartoffeln | 200 g Möhren | 1/2 Bund Frühlingszwiebeln | 1/2 TL Rapsöl | 375 ml Gemüsebrühe | 50 g Crème légère | 1/2 Pck. TK-Petersilie (12,5 g)

1 Die Zwiebel und den Knoblauch schälen und fein würfeln. Die Kartoffeln schälen, waschen und in Würfel schneiden. Die Möhren schälen, putzen und ebenfalls würfeln. Die Frühlingszwiebeln putzen, waschen und in Ringe schneiden.

2 Das Öl in einem Topf erhitzen, Zwiebel und Knoblauch darin glasig dünsten. Kartoffeln und Möhren zugeben und kurz anbraten. Mit der Brühe ablöschen, aufkochen, 10 Minuten köcheln lassen. Die Crème légère unterrühren und alles weitere 8 Minuten köcheln lassen.

3 Frühlingszwiebeln und Petersilie unterrühren, den Eintopf noch einmal aufkochen und sofort servieren.

KH: 94 g | E: 21 g | F: 18 g | kcal: 627

Abendessen Montag

Sate-Spieße mit Erdnuss-Sauce

Für die Spieße: 100 g Hähnchenbrustfilet | 1 EL süße Sojasauce | 1/2 TL Sesamöl | 1 kleine Knoblauchzehe

Für die Erdnuss-Sauce: 35 g Erdnüsse | 1 Knoblauchzehe | 2 EL Sojasauce | 1 TL Zitronensaft | 1 Msp. Chilipulver

Für den Salat: 125 g frische Soja- oder Mungobohnensprossen | 2 EL Dickmilch | 1 TL Sojasauce | 1 Spritzer Zitronensaft | 1/2 TL Fünf-Gewürze-Pulver | Salz | frisch gemahlener Pfeffer

1 Für die Spieße das Fleisch trocken tupfen, in dünne Scheiben schneiden und in Wellen auf 4 Spieße stecken. Sojasauce und Öl verrühren, den Knoblauch dazupressen und die Hähnchenspieße damit marinieren.

2 Die Erdnüsse fein hacken. Den Knoblauch schälen und in einen kleinen Topf pressen. Nüsse, 120 ml Wasser und Sojasauce unterrühren. Die Sauce aufkochen und etwa 10 Minuten köcheln lassen. Mit dem Mixstab fein pürieren, salzen. Mit Zitronensaft und Chili abschmecken.

3 Die Sprossen abbrausen und abtropfen lassen. Die übrigen Saucenzutaten verrühren. Die Sprossen untermengen und darin ziehen lassen.

4 Inzwischen eine beschichtete Pfanne erhitzen und die Spieße samt Marinade darin von jeder Seite 1 Minute braten. Mit Salat und Erdnuss-Sauce anrichten.

KH: 16 g | E: 45 g | F: 18 g | kcal: 405

Tag 10 – Ihr Motivations- und Entspannungstag

Ihr Pensum heute:

Auch diese Woche beginnt mit einem Relax-Tag. Die folgende Übung hilft Ihnen, Rücken und Gelenke gezielt zu entlasten.

Übung: Stufenlagerung

- Legen Sie sich mit dem Rücken auf eine Decke oder Gymnastikmatte. Legen Sie die gebeugten Beine auf einen Hocker. Er sollte so hoch sein, dass das Steißbein etwas vom Boden angehoben wird.
- Ihr Rücken, vor allem die Bandscheiben der Lendenwirbelsäule, wird maximal entlastet. Genießen Sie die Position so lange, wie es für Sie angenehm ist.

Ihr Hauptziel heute:

Ganz gezielt den Rücken entlasten – und genießen.

Sate-Spieße mit Erdnuss-Sauce

TAG 11: DIENSTAG

Motto des Tages: **Keine Angst vor einem abendlichen Büfett!**

Kaum liegt eine Woche des Schlank-im-Schlaf-Programms hinter Ihnen, und schon steht die erste Abendeinladung mit Büfett ins Haus. Sie haben Panik, damit aus dem Rhythmus zu kommen? Keine Sorge, denn gerade Büfetts lassen sich super für die Insulin-Trennkost nutzen. Suchen Sie sich aus dem Angebot die Komponenten heraus, die gut zur abendlichen Insulin-Trennkost passen: Genießen Sie Fisch, Fleisch, Gemüse und Salate, stellen Sie sich beim Käsebüfett eine kleine Portion zusammen. Doch Hände weg von Nudel- und Reissalaten, Brot und Gebäck, denn das passt abends einfach nicht ins Konzept. Selbst wenn Sie dann in puncto Fett und Kalorien einmal über den optimalen Werten liegen, schlägt das kaum zu Buche. Denn mit der Insulin-Trennkost haben Sie Ihren Kalorien-Grundumsatz nicht »heruntergefahren«, sodass kleine Ausrutscher sich auch nicht gleich gravierend auswirken. Wer möchte, bringt sich am nächsten Tag mit einer reinen Eiweiß-Mittagsmahlzeit (siehe Motto von Seite 46 sowie Seite 24 und 25) schnell wieder zurück in die Spur.

Frühstück Dienstag

Freie Wahl

▸ Rezepte und Nährwerte ab Seite 27

Neuer Tag – neues Glück. Vergessen Sie nicht, sich morgens satt zu essen, denn das ist die Voraussetzung dafür, dass Sie ohne das geringste Hungergefühl bis mittags durchhalten!

Mittagessen Dienstag

Matjes-Kartoffel-Salat

500 g Kartoffeln | 75 g Matjesfilet (frisch, ohne Öl) | 1/2 Apfel | 1 Zwiebel | 1 kleines Ei | 1 TL Senf | 50 g fettarmer Joghurt | 1/2 TL Instantbrühe | 1 EL Weißweinessig | 50 g Kapern | Salz | frisch gemahlener Pfeffer | 1 EL TK-Schnittlauch

1 Die Kartoffeln in Salzwasser kochen, abgießen, ausdampfen lassen und pellen. Komplett abkühlen lassen.

2 Matjes bei Bedarf wässern und trocken tupfen. In mundgerechte Stücke schneiden. Den Apfel vierteln, vom Kerngehäuse befreien und würfeln. Die Zwiebel schälen und in Ringe schneiden. Die kalten Kartoffeln würfeln und mit Matjes, Apfel und Zwiebel mischen.

3 Das Ei aufschlagen und mit Senf, Joghurt, Brühe und Essig verrühren. Mit den Kapern unter den Salat mengen und mindestens 1 Stunde durchziehen lassen. Salzen, pfeffern und mit Schnittlauchröllchen bestreuen.

KH: 89 g | E: 31 g | F: 19 g | kcal: 670

TIPP: Matjesfilets weisen zwar, wie auch Lachs und Makrele, einen relativ hohen Fettgehalt auf, doch sind die Fette des Herings ebenso wie bei Lachs und Makrele von besonderer Qualität: Die so genannten Omega-3-Fettsäuren senken die Blutfette und wirken zudem noch Entzündungen in Adern und Gewebe entgegen.

Bei diesem Gericht haben Sie noch einen kleinen Kohlenhydrat-Puffer zur Verfügung. Wenn Sie möchten, können Sie zum Nachtisch noch einen kleinen Apfel, eine kleine Birne oder zwei, drei Aprikosen essen.

Tag 11 – Ihr Bewegungsplan

Wie jeden Dienstag machen Sie heute Ihren Körper mit einem leichten Muskelaufbautraining fit. Im Vergleich zum letzten Dienstag sollten Sie die Intensität heute etwas steigern.

Ihr Pensum heute: Sie beginnen mit den Übungen, die Sie auf den Seiten 112 bis 115 finden und absolvieren bei diesem zweiten Durchgang:

- pro Übung 2 Sätze ...
- ... mit je 1 Minute Pause
- Intensität: mittel
- Dauer: etwa 30 Minuten

Möglicherweise fallen Ihnen die Übungen heute schon leichter und Sie schaffen ein, zwei Wiederholungen mehr.

Ihr Hauptziel heute:
Allmählich gelingt es Ihnen immer besser, Ihr individuelles Belastungsniveau zu finden.

Kalbsschnitzel mit Ofengemüse

Abendessen Dienstag

Kalbsschnitzel mit Ofengemüse

250 g Pilze (z. B. Champignons) | 400 g Spargel | 1 TL Olivenöl | Salz | frisch gemahlener Pfeffer | 200 ml Gemüsebrühe | 1 TL Butter | 1 Kalbsschnitzel (etwa 150 g) | 1/2 Pck. TK-Basilikum

1 Den Backofen auf 200 °C vorheizen. Die Pilze mit Küchenpapier abreiben, putzen und in Scheiben schneiden. Den Spargel schälen und dabei die Enden kappen. Die Stangen in etwa 5 cm lange Stücke schneiden.

2 Eine längliche Auflaufform mit 1/2 TL Öl auspinseln und die Pilze darin verteilen. Mit Salz und Pfeffer würzen. Die Spargelstücke darauf verteilen. Die Brühe seitlich angießen und die Butter in kleinen Flöckchen darauf verteilen. Das Ofengemüse noch einmal leicht salzen. Die Form mit Alufolie verschließen, in den vorgeheizten Ofen schieben und das Gemüse darin 50 Minuten garen.

3 Inzwischen das Schnitzel trocken tupfen, leicht flach klopfen und rundum pfeffern. Kurz vor Ende der Garzeit eine beschichtete Pfanne mit dem restlichen Öl auspinseln, erhitzen und das Schnitzel darin von jeder Seite 2 Minuten braten. Salzen und mit dem Ofengemüse auf einem Teller anrichten. Mit dem Basilikum bestreut servieren.

KH: 11 g | E: 47 g | F: 17 g | kcal: 404

Gemüse-Wraps

TAG 12: MITTWOCH

Motto des Tages: **Handeln statt grübeln**

Sie sind jetzt seit gut einer Woche in der Schlank-im-Schlaf-Spur und haben sich inzwischen an den Rhythmus gewöhnt, der Ihrem Stoffwechsel und Ihrer Figur gut tut. Vielleicht haben Sie am Wochenende mit dem Abnehmturbo auch noch einen Gang zugelegt. Und dennoch kommen Sie ab und zu ins Nachdenken, ob Sie heute mit dem Sport loslegen sollen oder nicht, ob ein Häppchen zwischendurch vielleicht doch nichts ausmacht? Stellen Sie beim ersten Zweifel Ihre Sportschuhe bereit und ziehen Sie sich um. Oder Sie machen einen kleinen Spaziergang um den Block, um die Gedanken zu vertreiben und dann wieder überzeugt und positiv in den Tag zu blicken. Auf jeden Fall ist Handeln besser, als den Grübeleien Raum zu geben!

Frühstück Mittwoch

Freie Wahl

► Rezepte und Nährwerte ab Seite 27

Sie freuen sich schon morgens auf die Wraps mittags? Dann essen Sie sich erst einmal an den Frühstücks-Kohlenhydraten gut satt. Denn die fünf Stunden Pause bis zu den Wraps sollen Sie ja ohne Hunger überstehen.

Mittagessen Mittwoch / ideal zum Mitnehmen

Gemüse-Wraps

2 reife Tomaten | 1 gelbe Paprikaschote | 100 g Mais (Dose) | 1/2 kleiner Eisbergsalat | 4 EL fettarmer Frischkäse | 1 EL Sojasauce | 3 Tortillafladen (Fertigprodukt à 40 g) | Salz | frisch gemahlener Pfeffer | 3 EL gemischte Kräuter (TK-Fertigmischung)

1 Die Tomaten waschen, vierteln und von Kernen und Strunk befreien. Das Fruchtfleisch in Würfel schneiden. Die Paprika von Samen und Scheidewänden befreien, waschen und würfeln. Den Mais abgießen und abtropfen lassen. Den Salat in große Blätter teilen, waschen, trocken tupfen und in feine Streifen schneiden.

2 Den Frischkäse mit der Sojasauce verrühren und auf den Fladen verstreichen. Darauf anteilsmäßig das vorbereitete Gemüse verteilen, nach Belieben leicht salzen und pfeffern. Die Fladen mit den Kräutern bestreuen und mithilfe eines Blattes Butterbrotpapier zu festen Wraps aufrollen. Stramm in Butterbrotpapier wickeln.

KH: 100 g | E: 26 g | F: 13 g | kcal: 640

TIPP: Wer seine Wraps ins Büro mitnehmen möchte, wickelt sie komplett in Papier. Sie ziehen über Nacht im Kühlschrank durch, und zum Verzehr muss nur noch oben das Papier entfernt werden.

Wenn Sie nach zwei Wraps satt sind, haben Sie noch einen Kohlenhydrat-Puffer und können etwas Obst genießen, etwa eine kleine Birne oder drei Aprikosen.

Abendessen Mittwoch

Fenchel-Muschel-Topf

375 g Miesmuscheln | 1/2 Bund Frühlingszwiebeln | 2 Knoblauchzehen | 1 mittelgroße Fenchelknolle (etwa 200 g) | 1/2 TL Olivenöl | 375 ml Gemüsebrühe | 1 Bund Kerbel (oder Basilikum) | 2 EL Crème légère

1 Die Muscheln in einer Schüssel mit reichlich kaltem Wasser bedecken und 15 bis 20 Minuten stehen lassen.

2 Die Frühlingszwiebeln putzen, waschen und in dünne Ringe schneiden. Den Knoblauch schälen. Den Fenchel putzen, waschen, vom harten Strunk befreien und in dünne Scheiben schneiden. Das Fenchelgrün hacken.

3 In einem großen Topf das Öl erhitzen und den Fenchel mit den Knoblauchzehen darin unter Rühren anbraten. Mit der Brühe ablöschen und 10 Minuten offen köcheln lassen.

4 Die Muscheln in ein Sieb abgießen. Bereits geöffnete Exemplare wegwerfen, die geschlossenen noch einmal gründlich unter fließendem kaltem Wasser waschen. Im Sieb abtropfen lassen. Den Kerbel abbrausen, trocken tupfen, die Blättchen abzupfen und fein hacken.

5 Den Fenchel salzen und pfeffern. Die Muscheln ins Gemüse einlegen und zugedeckt bei großer Hitze 5 Minuten darin kochen. Die Crème légère mit den Frühlingszwiebelringen unterrühren und den Muscheltopf weitere 3 Minuten zugedeckt köcheln lassen.

6 Nach Ablauf der Garzeit noch geschlossene Muscheln aussortieren und wegwerfen. Den Fenchel-Muschel-Topf mit dem Kerbel bestreut servieren.

KH: 18 g | E: 22 g | F: 18 g | kcal: 309

Tag 12 – Ihr Bewegungsplan

Ihr Pensum heute:

Weiter geht's mit der systematischen Steigerung des Ausdauerpensums. Wenn Sie den Dreh zur richtigen Belastungsdosierung raus haben, können Sie erneut 5 Minuten anhängen, ohne dass Sie das Gefühl haben, sich stärker zu belasten als bei der letzten Ausdauereinheit.

Trunz-Coaching-Tipp:

Achten Sie heute besonders auf gleichmäßige, kontrollierte Bewegungsabläufe, damit Ihre Gelenke so günstig wie möglich belastet werden. Bei allen Aktivitäten, die mit Gehen, Walken (oder gar Joggen) verbunden sind, bedeutet das, dass ein weicher, gleichmäßiger Bewegungsablauf an erster Stelle steht. Bitte denken Sie auch weiterhin immer an Warm-up und Cool-down (ab Seite 105).

Ihr Hauptziel heute:

Den Trainingsumfang ausweiten und besonders auf sanfte, gelenkfreundliche Bewegungstechnik achten.

TAG 13: DONNERSTAG

Motto des Tages: **Die 5-Stunden-Pause – der Bauchspeicheldrüse zuliebe**

Die Regel, zwischen den drei Mahlzeiten eine Essenspause von mindestens fünf Stunden einzulegen, ist eine der Grundsäulen der Insulin-Trennkost – ohne sie funktioniert das Schlank-im-Schlaf-Prinzip nicht! Denn nur mit diesem Abstand zwischen den Mahlzeiten hat der Körper genügend Zeit für die Stoffwechsel- und Verdauungsprozesse, und der Insulin- und Blutzuckerspiegel kann vor der nächsten Mahlzeit wieder komplett absinken. Dadurch wird die Produktion des »Dickmacher-Hormons« Insulin gedrosselt. Und genau das hält Ihre Bauchspeicheldrüse fit und beugt Adipositas, Diabetes, Bluthochdruck und Gicht vor.

Bandnudeln mit Spinat

Frühstück Donnerstag

Freie Wahl

▸ Rezepte und Nährwerte ab Seite 27

Sie haben schon Ihr Lieblingsfrühstück auserkoren? Dann freuen Sie sich morgens darauf, aber geben Sie ab und zu auch einer anderen Variante die Chance!

Mittagessen Donnerstag

Bandnudeln mit Spinat

200 TK-Blattspinat | 125 g Bandnudeln (Hartweizen) | Salz | 1 Zwiebel | 1 kleine Knoblauchzehe | je 1 rote und gelbe Paprikaschote | 50 g Crème légère | frisch gemahlener Pfeffer | 40 g Schafskäse

1 Den Spinat auftauen, abtropfen lassen und fein hacken. Die Nudeln in reichlich Salzwasser bissfest kochen. Abgießen, abtropfen lassen und warm halten.

2 Die Zwiebel und den Knoblauch schälen und fein hacken. Die Paprika vierteln, von Samen und Scheidewänden befreien, waschen und fein würfeln.

3 In einer beschichteten Pfanne ohne Fett die Zwiebel- und Knoblauchwürfel mit 2 EL Wasser kurz andünsten. Spinat, Paprika und Crème légère unterrühren und aufkochen. Mit Salz und Pfeffer würzen.

4 Die Nudeln in einer Schüssel mit dem Gemüse vermengen. Den Schafskäse zerbröseln und darüberstreuen.
KH: 104 g | E: 33 g | F: 18 g | kcal: 715

Abendessen Donnerstag

Gebratene Geflügellebern auf italienischem Gemüse

1 kleine gelbe Paprikaschote | 125 g Tomaten | 1 kleine Zwiebel | 1 Knoblauchzehe | 1 TL Rapsöl | Salz | frisch gemahlener Pfeffer | 1 TL italienische Kräutermischung | 1/2 TL edelsüßes Paprikapulver | 125 g Geflügellebern | 1 EL Weißweinessig

1 Die Paprika halbieren, von Samen und Scheidewänden befreien, waschen und das Fruchtfleisch würfeln. Die Tomaten überbrühen, häuten, vom Stielansatz befreien und ebenfalls würfeln. Zwiebel und Knoblauch schälen, die Zwiebel fein hacken, den Knoblauch in feine Scheiben schneiden.

2 Eine beschichtete Pfanne mit der Hälfte des Öls auspinseln, erhitzen und darin die Zwiebelwürfel glasig dünsten. Paprikawürfel und die Hälfte des Knoblauchs zugeben und 5 Minuten mitbraten. Die Tomatenwürfel zufügen und mit Salz, Pfeffer, Kräutern und Paprika würzen. Unter Rühren 5 Minuten köcheln lassen.

3 Die Lebern abbrausen, trocken tupfen und putzen. Eine zweite beschichtete Pfanne mit dem restlichen Öl auspinseln, erhitzen und darin die Lebern rundum anbraten. Mit Essig ablöschen, salzen und pfeffern.

4 Das Gemüse noch einmal abschmecken, auf einen vorgewärmten Teller geben und die gebratenen Lebern darauf anrichten. Sofort servieren.

KH: 17 g | E: 26 g | F: 12 g | kcal: 284

TIPP: Geflügelleber ist nicht nur superzart, sondern auch sehr gesund. Kaufen Sie Lebern von bester Qualität und von Tieren aus artgerechter Haltung, denn die Leber ist ein Filterorgan, in dem sich Rückstände, etwa von Medikamenten, ansammeln können.

Tag 13 – Ihr Motivations- und Entspannungstag

Ihr Pensum heute:

Vielleicht zwickt der eine oder andere Muskel nach dem gestrigen Ausdauertraining. Tun Sie sich heute etwas Gutes, indem Sie zwei Punkte akupressieren und so wichtige Steuerungszentralen für das natürliche Hunger- und Sättigungsgefühl aktivieren. Vor allem der zweite Punkt hilft bei Heißhunger-Attacken sofort!

Übung: Akupressurpunkte drücken

- **»Auslöschender See«:** Sie finden den Punkt in der Mitte des äußeren Oberarms, genau zwischen Schulter und Ellbogen. Drücken Sie den Punkt mit der Spitze des Zeigefingers rhythmisch und sanft 30- bis 40-mal.
- **»Zentrum des Menschen«** (bei Heißhunger-Attacken): Dieser Punkt liegt genau in der Mitte zwischen Nase und Oberlippenrand. Nehmen Sie dafür die Oberlippe zwischen Daumen (innen) und Zeigefinger (außen) und kneten Sie die Stelle etwa 90 Sekunden.

Ihr Hauptziel heute:

Ruhe genießen und Akupressurpunkte ausprobieren.

TAG 14: FREITAG

Motto des Tages: **Eiweiß hilft beim Abnehmen!**

Sie können sich nun bereits über (Abnehm-)Erfolge freuen. Einen großen Anteil daran haben Ihre Abendmahlzeiten: Die darin enthaltenen Proteine sättigen besonders gut, ohne allzu viele Kalorien mit sich zu bringen. Sie verhindern auch, dass der Kalorienverbrauch während der vier Wochen stark absinkt und dass allzu viel Muskelmasse abgebaut wird.

Frühstück Freitag

Freie Wahl

► Rezepte und Nährwerte ab Seite 27

Wie wäre es anstelle des Frühstückskaffees mit einer schönen Tasse Tee? Zu empfehlen ist etwa Mate-Tee, der den Fett- und Kohlenhydratstoffwechsel aktiviert, die Verdauung und die Entwässerung des Körpers anregt.

Mittagessen Freitag

Mediterraner Nudelsalat

1/8 l Gemüsebrühe | 2 EL weißer Aceto balsamico | 25 g getrocknete Tomaten | 100 g Vollkornnudeln (z. B. Penne) | Salz | 150 g Zucchini | 100 g Kirschtomaten | 1 EL Kapernfrüchte | 50 g Rucola

Für das Dressing: 75 ml Gemüsebrühe | 1/2 getrocknete Aprikose | 1 kleine Knoblauchzehe | 1 EL weißer Aceto balsamico | 1/2 EL Olivenöl

1 Die Gemüsebrühe mit dem Balsamico und den getrockneten Tomaten in einem kleinen Topf aufkochen und 40 Minuten köcheln lassen. Die Nudeln in Salzwasser bissfest garen, abgießen und abtropfen lassen.

2 Zucchini waschen, putzen und in Scheiben schneiden. In reichlich Salzwasser 2 Minuten blanchieren. Abgießen und abtropfen lassen. Kirschtomaten waschen und halbieren, Kapernfrüchte abtropfen lassen und halbieren. Nudeln, Zucchini, Tomaten und Kapernfrüchte in einer Schüssel vermengen. Die getrockneten Tomaten aus dem Sud heben, in Streifen schneiden und dazugeben.

3 Für das Dressing die Brühe mit der Aprikose aufkochen, vom Herd ziehen und 30 Minuten einweichen. Den Knoblauch schälen, halbieren und zugeben. Essig und Öl hinzufügen und das Dressing fein pürieren. Mit den Salatzutaten in der Schüssel vermengen, salzen, pfeffern und mindestens 2 Stunden durchziehen lassen.

4 Vor dem Servieren den Rucola abbrausen, trocken schleudern, von den harten Stielen befreien und grob schneiden. Unter den Salat heben.

KH: 99 g | E: 24 g | F: 17 g | kcal: 642

Abendessen Freitag

Wirsingtopf mit Putenschnitzel

250 g TK-Wirsing | 150 g Putenschnitzel | Salz | frisch gemahlener Pfeffer | 1/2 TL edelsüßes Paprikapulver | 1 kleine Dose Tomaten (400 g Einwaage) | 1 TL Rapsöl | 100 ml Geflügelbrühe | 2 EL gehackte Petersilie

Tag 14 – Ihr Bewegungsplan

Ihr Pensum heute:
Heute steigern Sie erneut Ihr Ausdauerpensum. Kommen Sie bisher gut mit der Belastungsdosierung mittels Pulskontrolle klar? Das ist wichtig, denn nun kommt zusätzlich Ihr subjektives Belastungsempfinden ins Spiel.

Trunz-Coaching-Tipp:
Messen Sie vor dem Training, nach dem Warm-up und mehrmals während der Ausdauerphase Ihre Pulsfrequenz und vergleichen Sie die Werte mit Ihrem subjektiven Belastungsgefühl. Wie fühlt sich eine Frequenz um 100, wie um 120 Schläge an? Schätzen Sie anschließend in der Belastung ab und zu Ihren Puls und vergleichen Sie Ihre Einschätzung mit den Messwerten. Je zutreffender Sie die Werte beurteilt haben, desto besser ist auch Ihr subjektives Belastungsempfinden bereits entwickelt. Keine Sorge, wenn Sie zu Anfang noch stark danebenliegen: Das geht den meisten Einsteigern so. Sie unterschätzen oft die tatsächlichen Beanspruchungen. Profis können dagegen ihre Pulsfrequenz oft bis auf den Schlag genau einschätzen. Machen sie diesen Test immer wieder mal und beobachten Sie Ihre Fortschritte!

Ihr Hauptziel heute:
Schulung des subjektiven Belastungsempfindens und weitere Steigerung des Trainingsumfangs.

1 Den Wirsing auftauen und abtropfen lassen. Das Schnitzel trocken tupfen und in Streifen schneiden. Rundum mit Salz, Pfeffer und Paprikapulver würzen. Die Tomaten klein schneiden, den Saft dabei auffangen.

2 Das Öl in einer Pfanne erhitzen und die Schnitzel darin von beiden Seiten scharf anbraten. Mit der Brühe ablöschen, die Tomaten samt Saft zugeben und die Mischung aufkochen. Den Wirsing zugeben und den Eintopf weitere 5 Minuten schmoren. Auf einem Teller anrichten und mit der Petersilie bestreut servieren.

KH: 10 g | E: 42 g | F: 14 g | kcal: 341

Wirsingtopf mit Putenschnitzel

Tag 15 und 16: Das dritte Wochenende

Halbzeit! Sie haben nun schon die Hälfte Ihrer vier Powerwochen hinter sich und sollten stolz sein: Sie haben Ihre Ernährung auf Insulin-Trennkost umgestellt, Ihren Lebens- und Ernährungsrhythmus wieder in Einklang gebracht und sind auch in sportlicher Hinsicht auf dem Weg zu mehr Fitness und Wohlbefinden.

Wahrscheinlich entwickelt Ihr Power-Plan nach und nach eine Art Eigendynamik und reißt Sie mit: Sie sind richtiggehend beflügelt von Ihren Erfolgen auf der Waage und mit dem schwindenden Bauchumfang, Sie fühlen sich pudelwohl und könnten immerzu so weitermachen … Lassen Sie sich von nichts und niemandem davon abhalten!

Motto des Tages: **Leistungsdruck vermeiden!**

Sie sind nun richtig in Schwung gekommen, und der Ehrgeiz hat Sie gepackt? Das ist gut so, denn die Erkenntnis, dass das Programm Ihnen gut tut, ist die beste Motivation. Dennoch sollten Sie sich selbst nicht zu viel Druck machen, was vor allem für den sportlichen Part gilt. Übertriebener Ehrgeiz (»Das vorgegebene Pensum muss ich um jeden Preis erreichen oder am besten noch mehr tun!«) oder eine Überdosierung (»Die Ruhetage lasse ich jetzt auch noch wegfallen«) wären ebenso wie ein zu hartes oder langes Training der falsche Weg. In diesen Fällen würde ein anderer, neuer Stress entstehen, der das Immunsystem deutlich schwächt. Und das wäre schade, da Sie durch die moderaten Aktivitäten ja bereits Ihre Leistungsfähigkeit verbessert und Ihr Immunsystem gestärkt haben.

DAS BRAUCHEN SIE FÜRS DRITTE WOCHENENDE

Frisch einkaufen

Fürs Frühstück: Zutaten siehe ab Seite 27 | 1 sehr kleine Artischocke | 2 kleine Auberginen | 400 g grüne Bohnen (z. B. Bobbybohnen, ersatzweise TK) | 350 g Fenchel | 1 kleine Gemüsezwiebel | 1 gelbe Paprikaschote | 1 kleine rote Paprikaschote | 2 kleine Tomaten | 2 kleine Zucchini | 2 frische Feigen | 75 g Hähnchenbrustfilet | 125 g Lammfilet | 75 g Rinderfilet | 1 ausgenommene küchenfertige Forelle (etwa 250 g) | 1 kleines Stück Parmesan | 30 g Ziegenfrischkäse | Crème légère | 1–1,5 kg Meersalz | frische Hefe

Aus dem Vorrat

Kartoffeln (fest kochend) | Mehl | Zwiebeln | Knoblauch | Bio-Zitronen | gehackte Tomaten aus der Dose (kleine Dosen) | Gemüsebrühe | Rotweinessig | Olivenöl | Zitronensaft | Salz | Pfeffer aus der Mühle | getrocknete Kräuter (Estragon, Kräuter der Provence, Rosmarin, Thymian) | Gemüsefond | Honig

Frühstück Samstag

Freie Wahl

► Rezepte und Nährwerte ab Seite 27

Wahrscheinlich haben Sie mittlerweile Ihre zwei, drei Lieblings-Frühstückstypen. Probieren Sie heute und morgen doch einmal etwas ganz anderes aus. Wenn Sie Müsli-Fan sind, sollten Sie auch den leckeren Brotvarianten eine Chance geben – und umgekehrt.

Mittagessen Samstag

Ratatouille-Pizza

Für den Teig: 125 g Weizenmehl | 1/4 Würfel Hefe (5 g) | 50 ml lauwarmes Wasser | 1 TL Olivenöl

Für den Ratatouille-Belag: 1 Zucchini | 1 mittelgroße Aubergine | 1 gelbe Paprikaschote | 1 kleine Knoblauchzehe | 1/2 TL Olivenöl | 200 g gehackte Tomaten (Fertigprodukt) | 1 TL Kräuter der Provence | Salz | frisch gemahlener Pfeffer | 1 EL frisch geriebener Parmesan

1 Das Mehl in eine Schüssel sieben. Die Hefe zerbröckeln, im Wasser auflösen. Mit dem Öl und 1 Prise Salz zum Mehl geben. Zu einem glatten Teig verarbeiten. An einem warmen Ort zugedeckt 30 Minuten gehen lassen.

2 Für den Ratatouille-Belag die Zucchini und die Aubergine waschen, putzen und würfeln. Die Paprika vierteln, von Samen und Scheidewänden befreien, waschen und in gleichmäßige Würfel schneiden. Die Knoblauchzehe schälen und fein hacken.

Ratatouille-Pizza

3 Eine beschichtete Pfanne mit dem Öl auspinseln, erhitzen und darin Gemüsewürfel und Knoblauch kurz anbraten. Die Kräuter zugeben, die Mischung salzen und pfeffern. 20 Minuten schmoren. Gelegentlich umrühren.

4 Den Teig noch einmal durchkneten und zu einem runden Fladen ausrollen. Abgedeckt weitere 15 Minuten gehen lassen. Den Backofen auf 250 °C vorheizen.

5 Die Dosentomaten auf dem Teig verteilen, salzen und pfeffern. Den Parmesan darüberstreuen und das Gemüse darauf verteilen. Die Pizza im vorgeheizten Ofen auf der unteren Schiene in ca. 20 Minuten goldbraun backen.

KH: 104 g | E: 29 g | F: 19 g | kcal: 715

TIPP: Essen Sie sich an Ihrer Pizza satt. Wenn etwas übrig bleibt – kein Problem. Die Kohlenhydratmenge liegt etwas über dem Soll.

Abendessen Samstag

Provenzalischer Grillteller

Für die Marinade: 1 Knoblauchzehe | je 1/2 TL getrockneter Rosmarin und Thymian | 1 EL Zitronensaft | 1 TL Öl | 1 EL Gemüsebrühe

Zum Grillen: 75 g Hähnchenbrustfilet | 75 g Rinderfilet | 1 sehr kleine Artischocke | Salz | 1/2 Bio-Zitrone | 1/2 kleine Aubergine | 1/2 rote Paprikaschote | 1/2 Zucchini | 1/2 kleine Gemüsezwiebel

Für die Tomatensauce: 2 kleine Tomaten | 1 kleine Zwiebel | 1 EL Rotweinessig

1 Den Knoblauch schälen und fein hacken. Mit den Kräutern, dem Zitronensaft, dem Öl und der Brühe mit dem Mixstab zu einer Marinade aufschlagen.

2 Das Fleisch abbrausen, trocken tupfen und in einem tiefen Teller mit der Hälfte der Marinade beträufeln. Für mindestens 1 Stunde kalt stellen.

3 Für die Artischocke einen Topf mit Salzwasser aufkochen. Die Zitrone abwaschen und auspressen. Den Saft samt Schalen ins kochende Wasser geben. Die Artischocken halbieren, das Heu entfernen und darin in 25 Minuten fast weich kochen. Abgießen, abtropfen lassen.

4 Das restliche Gemüse waschen, putzen und längs in Streifen bzw. in Stücke oder Viertel schneiden. Alles Gemüse mit der restlichen Marinade bepinseln und für mindestens 30 Minuten marinieren.

5 Für die Sauce die Tomaten waschen, vierteln, von Kernen und Strunk befreien und fein würfeln. Die Zwiebel schälen und fein hacken. Mit den Tomaten vermengen, mit dem Essig beträufeln und durchziehen lassen.

6 Einen Holzkohle- oder Elektrogrill vorheizen und das Fleisch in Grillschalen mit dem Gemüse goldbraun grillen. Die kalte Tomatensauce salzen, pfeffern und mit dem Grillgut auf einem Teller anrichten.

KH: 17 g | E: 42 g | F: 12 g | kcal: 369

Tag 15 – Ihr Bewegungsplan

Wieder steht Muskeltraining mit Schwerpunkt Rumpfmuskulatur auf dem Programm. Nachdem Sie die ersten Trainingseinheiten erfolgreich absolviert haben, ist es nun an der Zeit, auch hier das Pensum zu steigern: Heute kommt ein dritter Durchgang (Satz) hinzu. Teilen Sie deshalb Ihre Kräfte gut ein.

Ihr Pensum heute: Sie beginnen mit den Übungen, die Sie auf den Seiten 108 bis 111 finden und absolvieren bei diesem dritten Durchgang:

- pro Übung 3 Sätze ...
- ... mit je 1 Minute Pause
- Intensität: mittel
- Dauer: etwa 45 Minuten

Ihr Hauptziel heute:
die Muskeln stärker fordern und immer effektiver zum Aufbau stimulieren.

Frühstück Sonntag

Freie Wahl

▸ Rezepte und Nährwerte ab Seite 27

Genießen Sie die freie Zeit und die Ruhe Ihres Sonntags und frühstücken Sie doch einfach mal wieder ganz gemütlich im Bett – so wie Sie es früher vielleicht öfter getan haben. Danach starten Sie in einen entspannten Tag mit mäßiger, erfrischender Bewegung.

Mittagessen Sonntag / Hauptgericht

Lamm-Bohnen-Pfanne mit Kartoffelgratin

1 Knoblauchzehe | 200 ml Gemüsefond | 1 TL Thymianblättchen | 500 g fest kochende Kartoffeln | Salz | frisch gemahlener Pfeffer | 1 kleine Zwiebel | 400 g grüne Bohnen (zum Beispiel Bobbybohnen) | 125 g Lammfilet | 1/2 TL Olivenöl | 1 TL Kräuter-der-Provence-Mischung

1 Den Knoblauch schälen und die Zehe halbieren. Den Gemüsefond mit dem Thymian in einem Topf aufkochen und die eine Hälfte der Knoblauchzehe dazupressen. Vom Herd nehmen und ziehen lassen. Den Backofen auf 180 °C vorheizen.

2 Die Kartoffeln schälen, waschen und auf dem Gurkenhobel in dünne Scheiben schneiden. In eine Auflaufform schichten, dabei immer wieder mit Salz und Pfeffer würzen. Die gewürzte Brühe angießen und das Gratin im vorgeheizten Ofen in 45 Minuten knusprig backen.

3 Die Zwiebel schälen und in kleine Würfel schneiden. Die Bohnen putzen, waschen und in reichlich Salzwasser 5 Minuten sprudelnd kochen. Abgießen und abtropfen lassen. Das Lammfilet trocken tupfen und in 2 cm lange Stücke schneiden.

4 Eine beschichtete Panne mit dem Öl auspinseln und erhitzen, die übrige halbe Knoblauchzehe in feine Scheiben schneiden und darin anbraten. Das Fleisch und die Zwiebelwürfel zugeben und mitbraten. Die abgetropften Bohnen und die Kräuter hinzufügen und 5 Minuten mitbraten. Mit dem Gratin anrichten und sofort servieren.

KH: 89 g | E: 57 g | F: 14 g | kcal: 719

Mittagessen Sonntag / Dessert

Überbackene Feigen

2 frische Feigen | 1/2 TL Honig | 30 g Ziegenfrischkäse | 1/2 TL gehackte Rosmarinnadeln

1 Die Feigen gründlich waschen und mit einem scharfen Messer vom Stielansatz aus so vierteln, dass die Viertel am Boden noch zusammenhängen. Beide Feigen anteilig mit dem Honig beträufeln.

2 Den Ziegenfrischkäse mit einer Kuchengabel oder einem Holzspatel zwischen den Feigenvierteln verteilen und mit dem Rosmarin bestreuen.

3 Unter dem vorgeheizten Backofengrill bei 220 °C 10 Minuten gratinieren. Sofort servieren.

KH: 8 g | E: 4 g | F: 2 g | kcal: 66

Forelle in der Salzkruste mit Fenchel

Abendessen Sonntag

Forelle in der Salzkruste mit Fenchel

Für die Forelle: | 1 ausgenommene | küchenfertige Forelle (etwa 250 g) | 1 kleine Knoblauchzehe | 1/2 Bio-Zitrone | 1 EL getrockneter Estragon | 1 bis 1,5 kg Meersalz

Für das Fenchelgemüse: 350 g Fenchel | 200 ml kräftige Gemüsebrühe | 1 EL Crème légère

1 Den Backofen auf 220 °C vorheizen. Die Forelle abbrausen und rundum trocken tupfen. Den Knoblauch schälen und in möglichst feine Scheibchen schneiden. Die Zitrone heiß abspülen und in Scheiben teilen. Knoblauch, Zitrone und 1 TL Estragon in der Bauchhöhle der Forelle verteilen.

2 Die Hälfte des Meersalzes auf ein Backblech schütten, den Fisch darauf legen und mit dem restlichen Salz bedecken. Mit wenig Wasser beträufeln und für 15 Minuten im vorgeheizten Ofen backen. Die Hitze ausschalten und die Forelle weitere 5 Minuten im Ofen ruhen lassen.

3 Für das Gemüse den Fenchel waschen, putzen, vom harten Strunk befreien und in Streifen schneiden. Die Brühe mit dem restlichen Estragon aufkochen, den Fenchel zugeben und 10 Minuten zugedeckt garen. Die Crème légère unterrühren, salzen und pfeffern.

4 Den Fisch aus der Salzkruste befreien und mit dem Fenchelgemüse auf einem Teller anrichten. Sofort servieren.

KH: 16 g | E: 41 g | F: 12 g | kcal: 328

TIPP: Keine Sorge, Ihr Fisch wird durch die Salzkruste nicht etwa intensiv salzig im Geschmack. Die Hülle gibt zwar etwas Salz an den Fisch ab (deswegen wird er auch nicht noch zusätzlich gesalzen), dient aber vor allem dazu, sein zartes Fleisch vor der Strahlungshitze zu schützen, sodass es sanft im eigenen Saft gart. Das Ergebnis ist ein sehr aromatisches, zartes und saftiges Fleisch.

Denn im Inneren der Salzkruste entwickelt der Fisch wie in einem Extra-Minibackofen einen ganz besonders feinen Geschmack und eine superzarte Konsistenz. Ein weiterer Vorteil: Der Fisch kann in seiner schützenden Salzhülle nicht anbrennen.

Am besten gelingt der Fisch in Salzkruste mit grobem Meersalz. Sie bekommen es in großen Abfüllungen im Naturkostladen und im Reformhaus.

Tag 16 – Ihr Bewegungsplan

Ihr Pensum heute:

Und wieder steht der »kalorienvernichtende Wochenendausflug« auf dem Trainingsplan: gemäßigte, entspannende Bewegung, die Spaß macht und Sie auch ein bisschen fordert. Suchen Sie sich die passende Aktivität aus (siehe Seite 102) und planen Sie diese konsequent ein.

Trunz-Coaching-Tipp:

Gratulation! Sie haben mehr als die Hälfte Ihres Power-Plans bereits hinter sich. Wie fühlen Sie sich? Wir möchten wetten, dass Sie handfeste Fortschritte spüren und diese auch objektiv messen können (siehe hintere Klappe). Sie haben nun die besten Chancen, dass sich die positiven Effekte im Laufe der zweiten Hälfte Ihrer vier Power-Wochen weiter verstärken und Ihnen Ihr Trainingspensum und Ihr neuer Rhythmus im wahrsten Sinne in Fleisch und Blut übergeht.

Ihr Hauptziel heute:

Nachspüren, was sich getan hat; Fortschritte und Erfolge genießen; konsequent am Ball bleiben. Möglicherweise haben Sie auch Lust, Ihre Gedanken und Ihre Erfolge im Protokoll (siehe hintere Klappe) festzuhalten.

Genießen Sie die neue Leichtigkeit bei einer schönen Unternehmung!

TAG 17: MONTAG

DAS BRAUCHEN SIE FÜR DIE DRITTE WOCHE

Frisch einkaufen bis Freitag

Fürs Frühstück: Zutaten siehe ab Seite 27 | 400 g Blattspinat (frisch oder TK) | 400 g Brokkoli | 1/2 Kopf Endiviensalat | 2 Bund Frühlingszwiebeln | 1 Fenchelknolle | 200 g Knollensellerie | 3 rote Paprikaschoten | 350 g Austernpilze oder Champignons | 1/2 Romana-Salat | 150 g Rucola | 400 g weißer Spargel | 6 reife Tomaten | 100 g Wirsing | 400 g Zucchini | je 1/2 Bund Basilikum und Koriander | 4 kleine Bio-Orangen | 40 g magerer Kochschinken am Stück | 150 g Lammlachse | 125 g Putenbrustfilet | 50 g dünne Roastbeefscheiben | 100 g Tatar | 125 g Räucherlachs | 100 g Mozzarella light | 1 kleines Stück Parmesan | 125 g Frischkäse mit Buttermilch (8 % Fett) | 100 g fettarmer Joghurt | 100 g Räuchertofu | 1 Stängel Zitronengras | 2 Kaffir-Limetten-Blätter (Asialaden) | 1 kleines Stück frischer Ingwer | Fischsauce (Fertigprodukt) | rote Currypaste

Aus dem Vorrat

Kartoffeln (fest kochend, wenn möglich kleine) | Vollkornnudeln (z. B. Fusilli) | Reisnudeln | Langkornreis | Parboiled-Reis | Eier | Zwiebeln | Schalotten | Knoblauch | getrocknete Aprikosen | Kürbiskerne | Schältomaten aus der Dose (kleine Dosen) | 1 kleine Dose Sauerkraut | Gemüsebrühe | Aceto balsamico (weiß und dunkel) | Weißweinessig | Olivenöl | Rapsöl | Sonnenblumenöl | Limetten- oder Zitronensaft | Salz | Pfeffer aus der Mühle | getrocknete Kräuter (Estragon, Kräuter der Provence, Rosmarin, Thymian) | TK-Kräuter (Basilikum, Petersilie, Schnittlauch) | Safran, gemahlen | Senf | Honig | Kokosmilch (kleine Dose) | Crème légère | Saucenbinder | Worcestersauce

Frühstück Montag

Freie Wahl

► Rezepte und Nährwerte ab Seite 27

Mit einem guten Frühstück und reichlich leckeren Kohlenhydraten kann die neue Woche beginnen!

Mittagessen Montag

Paprika-Nudel-Salat

Salz | 100 g Vollkornnudeln | 125 g Schalotten | 2 rote Paprikaschoten | 1 Knoblauchzehe | 1/2 Romana-Salat

Für das Dressing: 2 EL weißer Aceto balsamico | 3 EL Brühe | 1/2 TL Honig | 1 EL Olivenöl | Salz | Pfeffer | 1 kleine Knoblauchzehe | 1 TL TK-Basilikum

Paprika-Nudel-Salat

1 Die Nudeln in reichlich Salzwasser garen. In ein Sieb abgießen, kalt abbrausen und auskühlen lassen.

2 Die Schalotten schälen, würfeln und in wenig Salzwasser 2 Minuten blanchieren. In ein feines Sieb abgießen. Die Paprikaschoten vierteln, von Samen und Scheidewänden befreien, waschen und in Streifen schneiden. Die vorbereiteten Salatzutaten in einer Schüssel mischen, mit dem Dressing übergießen. Etwa 2 Stunden durchziehen lassen. Mit Salz und Pfeffer abschmecken.

3 Den Romana-Salat putzen, waschen, trocken schleudern und in schmale Streifen schneiden. Unter den Salat heben. Mit Basilikum bestreuen und sofort servieren.
KH: 92 g | E: 21 g | F: 19 g | kcal: 631

Abendessen Montag

Gemüseeintopf mit Safran

1 kleine Zwiebel | 400 g weißer Spargel | 100 g Wirsing | 350 g Austernpilze oder Champignons | 1 TL Rapsöl | Salz | frisch gemahlener Pfeffer | 200 ml Gemüsebrühe | 125 g Frischkäse mit Buttermilch (8 % Fett i. Tr.) | 0,1 g gemahlener Safran | 1 TL Saucenbinder

1 Die Zwiebel schälen und fein würfeln. Den Spargel putzen und schälen und die Stangen in etwa 3 cm lange Stücke schneiden. Den Wirsing putzen, waschen und in dünne Streifen schneiden. Die Pilze putzen und blättrig schneiden. Das Öl in einem flachen Topf erhitzen und darin Zwiebelwürfel, Spargelstücke, Wirsingstreifen und Pilze etwa 5 Minuten unter Rühren anbraten. Salzen und pfeffern.

2 Das Gemüse mit der Brühe ablöschen und den Frischkäse mit dem Safran unterrühren. Den Eintopf aufkochen und weitere 5 Minuten köcheln lassen. Mit dem Saucenbinder leicht andicken und sofort servieren.
KH: 16 g | E: 29 g | F: 14 g | kcal: 660

Tag 17 – Ihr Motivations- und Entspannungstag

Ihr Pensum heute:
Wie wäre es mit einem kleinen abendlichen Entspannungsprogramm unter der Dusche?

Übung: Duschgymnastik

- Die Wassertemperatur sollte zwischen 37 und 39 °C liegen. Lassen Sie den sanften Duschstrahl für einige Minuten über Kopf und Schultern rieseln. Atmen Sie dabei 5-mal tief ein und aus.
- Bewegen Sie Ihren Kopf behutsam nach rechts und wieder zurück zur Mitte, dann nach links und wieder zurück. Während das Wasser auf Ihren Nacken rieselt, den Kopf langsam nach vorn beugen und wieder heben.
- Die Schultern im Wechsel langsam vor- und rückwärts kreisen. Nun beide Schultern sanft anheben und wieder zurückgleiten lassen.
- Wiederholen Sie alles bis zu 10-mal. Danach verwöhnen Sie Ihre Haut mit einem schönen Öl und lassen den Tag auf dem Sofa oder im Bett sanft ausklingen.

Ihr Hauptziel heute:
Abschalten, entspannen und wohlige Wärme genießen.

TAG 18: DIENSTAG

Motto des Tages: **Verlassen Sie sich auf Ihr Körpergefühl!**

Sie leben konsequent nach dem Schlank-im-Schlaf-Programm, erlauben sich nicht mal kleine Ausrutscher und finden trotzdem, Sie hätten zu wenig abgenommen? Dann sollten Sie berücksichtigen, dass Sie nicht nur Fett abbauen, sondern auch Muskeln aufbauen – und deswegen tut sich nicht so viel auf der Waage. Denn Muskeln sind schwerer als Fett. Dafür passiert langfristig aber etwas Entscheidendes: Ihre Kleidung sitzt lockerer, Ihr Körper fühlt sich fester und straffer an, und es machen sich Stolz und ein gutes Körpergefühl breit. Genießen Sie das! Wenn es Ihnen wirklich zu langsam geht, steigen Sie ruhig für einige Tage aufs Turboprogramm um (siehe Seite 46).

Frühstück Dienstag

Freie Wahl

▸ Rezepte und Nährwerte ab Seite 27

Aufs Kohlenhydrat-Frühstück dürfen Sie auf keinen Fall verzichten! Es ist die Basis für einen fitten Tag.

Mittagessen Dienstag

Orangenreis mit Roastbeef

1 Zwiebel | 1 Knoblauchzehe | 1 1/2 Bio-Orangen | 10 g getrocknete Aprikosen | 400 g Zucchini | 1 TL Rapsöl | 75 g Langkornreis | 150 ml Gemüsebrühe | Salz | 50 g dünnes Roastbeef | 1 TL frisch geriebener Parmesan

1 Zwiebel und Knoblauch schälen und fein würfeln. Die Orangen heiß abwaschen. Die Schale fein abreiben, die Früchte halbieren und den Saft auspressen. Aprikosen fein würfeln, Zucchini waschen, putzen und raspeln.

2 Das Öl in einem Topf erhitzen und die Zwiebeln mit dem Knoblauch darin glasig dünsten. Den Reis einrieseln lassen und unter Rühren glasig anschwitzen.

3 Mit Brühe und Orangensaft ablöschen. Die Orangenschale mit den Aprikosen zugeben und die Mischung mit 1/2 TL Salz würzen. Die Hitze reduzieren und den Reis zugedeckt unter gelegentlichem Rühren 15 Minuten garen.

4 Die Zucchini unter den Reis heben, weitere 5 Minuten garen. Mit dem Roastbeef anrichten, mit Parmesan bestreuen.

KH: 96 g | E: 30 g | F: 18 g | kcal: 679

Orangenreis mit Roastbeef

Abendessen Dienstag

Brokkolisalat mit Schinken und pochiertem Ei

400 g Brokkoli | Salz | 40 g magerer Kochschinken am Stück | 2 EL Weißweinessig | 1 TL Rapsöl | frisch gemahlener Pfeffer | 1/2 Pck. TK-Schnittlauch | 1 ganz frisches großes Ei (nicht älter als 2 Tage)

1 Den Brokkoli putzen, waschen und in Röschen teilen. In reichlich Salzwasser 3 Minuten blanchieren. Abgießen und abtropfen lassen. Den Schinken fein würfeln. Essig, Öl, Salz, Pfeffer und Schnittlauch zu einem Dressing verrühren und mit dem Brokkoli und dem Schinken vermengen.

2 Reichlich Salzwasser aufkochen (pro Liter Wasser 1 EL Salz zugeben). Das Ei zuerst in eine Kelle oder Tasse aufschlagen und von dort so langsam ins kochende Wasser gleiten lassen, dass sich das Eiweiß rasch um das Eigelb legt. Dann die Hitze reduzieren, bis das Wasser nur noch siedet.

3 Das Ei während der nächsten 4 Minuten immer wieder vorsichtig mit einem Holzkochlöffel umdrehen. Dann mit dem Schaumlöffel aus dem Wasser heben und die Eiweißfransen rundum abschneiden.

4 Die Schnittlauchröllchen unter den Salat heben und diesen bei Bedarf nachwürzen. Mit dem Ei auf einem Teller anrichten und sofort servieren.

KH: 11 g | E: 34 g | F: 18 g | kcal: 335

Tag 18 – Ihr Bewegungsplan

Inzwischen sind die ersten Erfolge Ihres Muskelaufbautrainings bereits ganz deutlich zu sehen und zu fühlen – und Sie freuen sich richtiggehend auf die nächste Einheit? Sehr gut, denn heute sollten Sie den Umfang und die Intensität Ihres Ganzkörperprogramms durch einen weiteren Satz steigern. Nun haben Sie das optimale Pensum erreicht und starten durch in Richtung Muskelaufbau. Und jedes Kilo Muskeln mehr bedeutet, dass Sie einen höheren Energieverbrauch haben (siehe auch Kasten auf Seite 98). Damit fällt es Ihnen erheblich leichter, Ihr Gewicht dauerhaft zu halten.

Ihr Pensum heute: Sie beginnen mit den Übungen, die Sie auf den Seiten 112 bis 115 finden und absolvieren bei diesem dritten Durchgang:

- pro Übung 3 Sätze ...
- ... mit je 1 Minute Pause
- Intensität: mittel
- Dauer: etwa 45 Minuten

Ihr Hauptziel heute:
Sie steigern Ihr Trainingspensum um einen weiteren Satz, mit dem Ziel, Muskelgewebe aufzubauen.

TAG 19: MITTWOCH

Motto des Tages: **Schluss mit dem »Einzelkämpfertum«**

Bei sportlichen Aktivitäten fällt es vielen sehr schwer, sich regelmäßig allein aufzuraffen. Ist das auch bei Ihnen so? Suchen Sie sich doch einen Sport- (und vielleicht auch Schlank-im-Schlaf-)Partner in der Familie, im Freundes- oder Bekanntenkreis oder im Kleinanzeigenteil der Zeitung. Warten Sie nicht darauf, dass andere Sie antreiben, sondern organisieren Sie sich Ihre Unterstützung selbst! Wenn sich kein Gleichgesinnter findet, können Sie sich auch einer Walking- oder Laufgruppe anschließen. Der Sportpartner oder die Gruppe geben häufig den Ausschlag, doch noch aktiv zu werden, obwohl Fernseher und Sofa locken.

Frühstück Mittwoch

Freie Wahl

▸ Rezepte und Nährwerte ab Seite 27

Hhmm ... Das Mittagessen klingt verlockend. Dennoch das Frühstück nicht vernachlässigen, denn Sie müssen noch mindestens fünf Stunden warten!

Mittagessen Mittwoch / ideal zum Mitnehmen

Putenpfanne mit Backkartoffeln

500 g kleine Kartoffeln | Salz | 1 Bund Frühlingszwiebeln | 4 reife Tomaten | 10 g Kürbiskerne | 25 g Crème légère | 1 TL Senf | 1 EL Kräuter-der-Provence-Mischung | 125 g Putenbrustfilet | 1 TL Sonnenblumenöl | frisch gemahlener Pfeffer

1 Den Backofen auf 200 °C vorheizen. Die Kartoffeln unter fließendem kaltem Wasser gründlich abbürsten. Größere Exemplare halbieren, ansonsten ganz belassen und die nassen Kartoffeln auf einem mit Backpapier ausgelegten Backblech verteilen. Mit Salz bestreuen und im vorgeheizten Backofen 30 Minuten backen.

2 Die Frühlingszwiebeln putzen, waschen und in feine Ringe schneiden. Die Tomaten waschen, achteln und vom Stielansatz und den Kernen befreien. Die Kürbiskerne in einer beschichteten Pfanne ohne Fett rösten.

3 Die Crème légère mit dem Senf und den Kräutern der Provence verrühren. Das Putenbrustfilet trocken tupfen und zuerst in dünne Scheiben, dann in feine Streifen schneiden.

Putenpfanne mit Backkartoffeln

4 Das Sonnenblumenöl erhitzen und das Fleisch darin von beiden Seiten kurz anbraten, salzen und pfeffern. Die Tomaten zugeben und 5 Minuten mitschmoren. Die Frühlingszwiebeln und die Senf-Kräuter-Mischung unterrühren und alles weitere 5 Minuten schmoren. Mit den Kartoffeln anrichten und servieren.

KH: 90 g | E: 47 g | F: 18 g | kcal: 731

TIPP: Da der Kohlenhydratwert des Mittagessens etwas unter dem Soll liegt, ist heute noch ein 10-Gramm-Kohlenhydrat-Puffer drin, für den Sie wahlweise einen kleinen Apfel oder eine kleine Birne, eine kleine Schale Himbeeren oder drei frische Aprikosen zum Nachtisch genießen können.

Abendessen Mittwoch

Tomate-Mozzarella auf Rucolasalat

150 g Rucola | 2 Flaschentomaten | 100 g Mozzarella light | 1/2 Bund Basilikum | 1 1/2 EL Aceto balsamico | 50 ml Gemüsebrühe | 1 TL Olivenöl | Salz | frisch gemahlener Pfeffer

1 Den Rucola abbrausen, trocken schleudern und die Stiele etwas kürzen. Die Tomaten waschen, vom Stielansatz befreien und in Scheiben schneiden. Den Mozzarella abtropfen lassen, trocken tupfen, halbieren und in feine Scheiben schneiden.

2 Das Basilikum abbrausen, trocken tupfen und die Blättchen von den Stängeln zupfen. Den Balsamessig mit der Gemüsebrühe, dem Olivenöl sowie Salz und Pfeffer zu einem Dressing rühren.

3 Den Rucola auf einem Servierteller verteilen und die Tomaten- und Mozzarellascheiben darauf anrichten. Mit dem Dressing beträufeln, die Basilikumblättchen darauf verteilen und servieren.

KH: 15 g | E: 25 g | F: 19 g | kcal: 333

Tag 19 – Ihr Bewegungsplan

Ihr Pensum heute:
Sie fordern heute wieder 45 Minuten lang Ihr Herz-Kreislauf-System, ohne dabei außer Atem zu kommen. Hätten Sie das am Anfang Ihres Power-Plans für möglich gehalten?

Trunz-Coaching-Tipp:
Sie sind inzwischen vertraut damit, wie Sie Ihre richtige Belastung per Pulskontrolle ermitteln und die Belastung auch subjektiv einschätzen können. Machen Sie sich nun allmählich daran, Ihren individuellen Stil zu finden, also die Belastung exakt nach Ihrem Gefühl zu dosieren.

Sie können während einer Trainingseinheit auch mal die Belastung variieren, indem Sie das Tempo leicht steigern und anschließend wieder reduzieren. Entscheidend ist dabei, dass sich die Belastung immer wieder in Ihrer optimalen Trainingszone einpendelt.

Ihr Hauptziel heute:
Individuelle Belastungskontrolle, dabei aber auch immer wieder mit der Belastungsintensität »spielen« und langsam den eigenen Stil finden.

TAG 20: DONNERSTAG

Motto des Tages: **Das alles haben Sie geschafft!**

Seien Sie heute einmal ganz unbescheiden! Werfen Sie einen Blick in die Trainingsübersicht in der hinteren Umschlagklappe: Sie haben inzwischen Ihr Pensum beim Ausdauer- und Muskelaufbautraining enorm gesteigert und dabei gelernt, sich selbst besser einzuschätzen. Was die Ernährung betrifft, stellen Sie nach fast drei Wochen fest, dass die Insulin-Trennkost Ihnen gut tut und Sie schlank macht. Sie fühlen sich fitter, straffer – einfach rundum wohl. Das haben Sie gut gemacht!

Thaisuppe mit Räuchertofu

Frühstück Donnerstag

Freie Wahl

▶ Rezepte und Nährwerte ab Seite 27

Besänftigen Sie Ihren Kohlenhydrat-Hunger mit einem Müsli- oder Brotfrühstück und starten Sie voller Energie in den 20. Tag Ihres Schlank-im-Schlaf-Abenteuers.

Mittagessen Donnerstag / gut zum Mitnehmen

Thaisuppe mit Räuchertofu

1 Bund Frühlingszwiebeln | 1/2 Bund Koriander | 100 g Reisnudeln | 250 ml Kokosmilch (Fertigprodukt) | 1 Stängel Zitronengras | 2 Kaffir-Limetten-Blätter | 1 EL frisch geriebener Ingwer | 2 1/2 TL Fischsauce | 1/2 TL Honig | 4 EL Limettensaft | 1/2 TL rote Currypaste | 100 g Räuchertofu

1 Die Frühlingszwiebeln putzen, waschen und in Ringe schneiden. Den Koriander abbrausen, trocken tupfen, die Blättchen abzupfen und in feine Streifen schneiden. Die Reisnudeln nach Packungsanleitung kochen.

2 Die Kokosmilch mit Zitronengras, Limettenblättern und Ingwer aufkochen. Fischsauce und Honig einrühren und 5 Minuten darin ziehen lassen. Limettensaft und Currypaste einrühren und die Suppe noch einmal aufkochen.

3 Den Tofu würfeln und mit den Frühlingszwiebeln und Nudeln zur Suppe geben. Erneut kurz aufkochen, mit den Korianderblättchen bestreuen und servieren.

KH: 107 g | E: 26 g | F: 10 g | kcal: 619

Abendessen Donnerstag

Fleisch-Gemüse-Auflauf

200 g Knollensellerie | 1/8 l Gemüsebrühe | Salz | frisch gemahlener Pfeffer | 1 kleines Ei | 1 EL TK-Petersilie | 1 rote Paprikaschote | 250 g Sauerkraut (Dose) | 1 TL Rapsöl | 1 Spritzer Worcestersauce | 100 g ganz frisches Tatar | 1 kleine Dose Tomaten (400 g Einwaage)

1 Den Knollensellerie schälen, würfeln und in der Gemüsebrühe weich kochen. In ein Sieb abgießen, salzen, pfeffern und mit dem Kartoffelstampfer zerdrücken. Das Ei mit der Petersilie zugeben und zu einem geschmeidigen Püree verrühren.

2 Die Paprika halbieren, von Samen und Scheidewänden befreien, waschen und würfeln. Das Kraut abtropfen lassen. Den Backofen auf 200 °C vorheizen.

3 Eine beschichtete Pfanne mit 1/2 TL Öl auspinseln, erhitzen und das Tatar darin ganz kurz anbraten. Die Paprikawürfel zugeben und kurz mitbraten. Mit den Dosentomaten ablöschen und die Mischung aufkochen. Mit Worcestersauce, Salz und Pfeffer würzen.

4 Eine Auflaufform mit dem restlichen Öl ausstreichen. Abwechselnd Hackfleisch, Sauerkraut und Püree einschichten und den Auflauf im vorgeheizten Ofen etwa 30 Minuten garen. Sofort servieren.

KH: 15 g | E: 36 g | F: 15 g | kcal: 356

TIPP: Tatar schmeckt nicht nur superfein, sondern ist auch sehr gut für die Konzentration und die geistige Leistungsfähigkeit.

Tag 20 – Ihr Motivations- und Entspannungstag

Ihr Pensum heute:

Eine Bindegewebsmassage übt einen starken Reiz auf Haut und Bindegewebe aus und unterstützt den Körper dabei, Wasser- und Fettansammlungen aufzulösen.

Übung: Oberschenkel-Massage

- Setzen Sie sich auf ein Handtuch auf den Boden und stellen Sie das rechte Bein auf. Verteilen Sie etwas Massageöl (ideal: Macadamiaöl) auf dem Oberschenkel und beginnen Sie mit Rollungen: Mit Daumen und Fingern die Haut quer zum Bein anheben und das Gewebe langsam gegen die Finger rollen. Beginnen Sie an der Leiste und arbeiten Sie sich nach unten zum Knie.
- Dort angekommen legen Sie die Fingerspitzen auf die Haut und ziehen sie Richtung Leiste. Massieren Sie im Wechsel (erst rollen, dann ziehen) den ganzen Oberschenkel in Bahnen von der Hüfte zum Knie.
- Mit dem linken Oberschenkel ebenso verfahren.
- Anschließend können Sie eine Zupfmassage machen, bevor Sie die Massage mit sanften Fingerschwingungen beenden. Dafür die Fingerspitzen auf den Oberschenkel legen und mit raschen, wellenförmigen Bewegungen von oben nach unten ausstreichen.

Ihr Hauptziel heute:

Der Problemzone am Oberschenkel begleitend mit einer Massage zu Leibe rücken.

TAG 21: FREITAG

Motto des Tages: **Was Ihr Bauchumfang verrät**

Jeder Zentimeter weniger Bauchumfang senkt das Risiko, einen Herzinfarkt zu erleiden. Greifen Sie zum Maßband und messen Sie einmal nach, wie es um Ihren Bauch steht. Am besten führen Sie von nun an eine Art »Bauchprotokoll«. Denn das Schlank-im-Schlaf-Programm rückt gerade dem inneren Bauchfett zuleibe. Dabei bedeutet ein Gewichtsverlust von 10 Prozent einen Abbau des inneren Bauchfetts von 30 Prozent – sinkendes Herzinfarkt-Risiko eingeschlossen.

Frühstück Freitag

Freie Wahl

▸ Rezepte und Nährwerte ab Seite 27

Genießen auch Sie am liebsten jeden Tag das gleiche Frühstück? Geben Sie den Alternativen trotzdem eine Chance!

Mittagessen Freitag

Reis-Fenchel-Salat mit Orangendressing

90 g Parboiled-Reis | Salz | 1 Fenchelknolle | 2 kleine Orangen | 100 g fettarmer Joghurt | frisch gemahlener Pfeffer | 1 TL getrockneter Estragon | 1/2 Kopf Endiviensalat | 125 g Räucherlachs

1 Den Reis nach Packungsanleitung in Salzwasser kochen. Abgießen, abtropfen und auskühlen lassen.

2 Den Fenchel waschen, putzen, den harten Strunk herausschneiden und die Knolle in Würfel schneiden. Das Fenchelgrün fein hacken.

3 Eine Orange so schälen, dass auch die weiße Haut mitentfernt wird. Dann mit einem scharfen Messer die Filets zwischen den Häutchen herausschneiden. Den ablaufenden Saft dabei auffangen. Die zweite Orange halbieren und auspressen.

4 Den Orangensaft mit dem Joghurt verrühren und die Mischung mit Salz, Pfeffer und Estragon würzen. Kurz durchziehen lassen.

5 Den Salat putzen, waschen, trocken schleudern und in Streifen schneiden. Mit Reis, Fenchel, Orangenfilets und Dressing vermengen. Den Lachs in Streifen schneiden und mit dem Fenchelgrün auf dem Salat anrichten.

KH: 102 g | E: 42 g | F: 10 g | kcal: 679

Abendessen Freitag

Lammlachse mit Blattspinat

400 g Blattspinat (frisch oder TK) | Salz | 2 Zwiebeln | 1 Knoblauchzehe | 1 EL Thymianblättchen | 1 EL Rosmarinnadeln | 1 EL Olivenöl | 150 g Lammlachse | 1 TL frisch geriebener Parmesan

1 Den Backofen auf 180 °C vorheizen. Frischen Spinat putzen, waschen und sehr kurz in sprudelnd kochendem Salzwasser blanchieren. Herausheben und abtropfen lassen. TK-Spinat auftauen und abtropfen lassen.

Tag 21 – Ihr Bewegungsplan

Ihr Pensum heute:
Und wieder steigern Sie heute Ihr Pensum um 5 Minuten, sodass Sie nun bereits 50 Minuten am Stück Ihre Ausdauer trainieren. Aber keine Bange: Ihre Grundlagenausdauer hat sich zwischenzeitlich so verbessert, dass Sie die Steigerung auch diesmal wieder locker »wegstecken«!

Trunz-Coaching-Tipp:
Haben Sie es schon bemerkt? Auch das Ausdauertraining ist Ihnen inzwischen zur Gewohnheit geworden – wir hoffen, zu einer angenehmen! Passionierte Ausdauersportler können bei ihren Aktivitäten total »abschalten« und berichten gar von starken Glücksgefühlen. Vielleicht haben Sie schon ähnliche Empfindungen erlebt und können sich inzwischen in die Welt der Walker und Jogger hineinversetzen. Nichts könnte besser sein, damit Sie dauerhaft am Ball bleiben! Vielleicht verlangt Ihr Körper ja jetzt schon ganz von selbst nach seiner Portion Bewegung ...

Wenn es noch nicht so weit ist, wird es sicher auch bei Ihnen bald der Fall sein. Denn wer sich regelmäßig bewegt, entwickelt mit der Zeit einen regelrechten Bewegungshunger – und wäre das nicht ein guter Tausch gegen Ihren früheren Süß- oder Heißhunger?

Ihr Hauptziel heute:
Allmählich den Blick von der betonten Trainingskontrolle auf das lenken, was Sie während der Aktivität erleben. Spüren und genießen, wie Ihr Körper sich dabei anfühlt.

2 Zwiebeln und Knoblauch schälen und fein würfeln. Kräuter grob hacken und mit der Hälfte des Knoblauchs vermischen. Das Fleisch darin wenden.

3 In einer großen beschichteten Pfanne das Öl erhitzen und das Fleisch darin von jeder Seite 1 Minute anbraten. Mit Salz und Pfeffer würzen, in eine Auflaufform legen. Im vorgeheizten Backofen in 10 bis 15 Minuten fertig garen.

4 Inzwischen die Zwiebeln mit dem restlichen Knoblauch in der noch heißen Pfanne andünsten. Den Spinat zugeben und unter Rühren erhitzen. Salzen und pfeffern.

5 Die Lammlachse aus dem Ofen nehmen und kurz in Folie gewickelt ruhen lassen. In Scheiben schneiden und mit dem Spinat auf einem Teller anrichten. Den Parmesan darüberhobeln und sofort servieren.

KH: 3 g | E: 55 g | F: 16 g | kcal: 371

Lammlachse mit Blattspinat

Tag 22 und 23: Das vierte Wochenende

Noch eine Woche, dann liegen die vier Power-Wochen bereits hinter Ihnen. Wenn Sie vielleicht anfänglich gezweifelt haben, sind Sie inzwischen wahrscheinlich ganz und gar von der Insulin-Trennkost überzeugt und fühlen sich pudelwohl. Dazu kommen noch Ihre Fortschritte in puncto Bewegung: Ihre Muskeln nehmen zu und Ihr Körper wird immer straffer und wohlgeformter.

Das Ausdauertraining macht Ihnen inzwischen richtig Spaß, sodass Sie gar nicht mehr darauf verzichten möchten. Wie gut, dass Sie noch eine ganze Woche Ihres Power-Plans vor sich haben. Und vielleicht gehen Sie ja sogar mit Spaß in die Verlängerung – nur zu, es gibt rein gar nichts, was dagegensprächе!

Motto des Tages: **Muskeln helfen beim Abnehmen**

Die Rechnung ist ganz einfach: Jedes Kilogramm Muskulatur, das Sie durch Training aufbauen, verbraucht zusätzliche Energie – und das rund um die Uhr, also auch im Schlaf. Für jedes Kilo Muskeln können Sie etwa 30 Kilokalorien pro Tag zum Grundumsatz hinzurechnen. Das heißt für Sie als Perspektive: Wenn es Ihnen gelingt, innerhalb eines Jahres drei bis vier Kilogramm an Muskelmasse zuzulegen, ergibt sich allein daraus ein täglicher Mehrbedarf von etwa 100 Kilokalorien. Pro Jahr gerechnet macht das stolze 36 500 Kilokalorien, was – natürlich nur bei gleich bleibender Nahrungsaufnahme – einen Fettverlust von über fünf Kilogramm bedeutet. Sichtbar werden auf der Waage jedoch nur ein bis zwei Kilogramm Gewichtsverlust.

DAS BRAUCHEN SIE FÜRS VIERTE WOCHENENDE

Frisch einkaufen

Fürs Frühstück: Zutaten siehe ab Seite 27 | 250 g Champignons | 1/2 Bund Frühlingszwiebeln | 200 g Kirschtomaten | 250 g Kohlrabi | 1 Stange Lauch | 100 g Möhren | 350 g Rucola | 100 g Staudensellerie | 1 kleines Bund frische gemischte Kräuter | 2 Stängel Zitronenmelisse | 100 g Erdbeeren | 1 sehr kleine Mango | 125 g geräucherte Putenbrust | 2 Scheiben luftgetrockneter Schinken ohne Fettrand | 100 g Schweinefilet | 100 g Nordseekrabben | 100 g Seeteufelfilet | fettarmer Joghurt | Crème légère

Aus dem Vorrat

Kartoffeln (mehlig kochende Sorte) | Hartweizen-Bandnudeln | Zwiebeln | Knoblauch | Gemüsebrühe | Aceto balsamico (weiß und dunkel) | Olivenöl | Rapsöl | Zitronensaft | Salz | Pfeffer aus der Mühle | Muskatnuss | Honig | Worcestersauce | Saucenbinder

Frühstück Samstag

Freie Wahl

▸ Rezepte und Nährwerte ab Seite 27

Endlich haben Sie wieder einmal Zeit für ein ausgiebiges Frühstück! Wählen Sie also eine der leckeren Frühstücksvarianten aus und genießen Sie Ihre Morgenmahlzeit in aller Ruhe mit der Zeitung und bei einer schönen Tasse Tee oder Kaffee. Danach können Sie gemütlich fürs Wochenende einkaufen gehen.

Mittagessen Samstag

Seeteufel im Schinkenmantel auf Kartoffel-Rucola-Püree

500 g mehlig kochende Kartoffeln | Salz | 200 g Rucola | 50 ml heiße Gemüsebrühe | frisch gemahlener Pfeffer | 100 g Seeteufelfilet | 1 TL Zitronensaft | 2 Scheiben luftgetrockneter Schinken ohne Fettrand | 1/2 TL Olivenöl | 200 g Kirschtomaten | 1 TL weißer Aceto balsamico

1 Die Kartoffeln schälen, waschen und in Salzwasser gar kochen. Inzwischen den Rucola putzen, waschen und trocken schleudern. Lange, harte Stiele entfernen und die Blätter grob in Streifen schneiden. Den Backofen auf 160 °C vorheizen.

2 Die Kartoffeln abgießen, kurz ausdampfen lassen und mit dem Kartoffelstampfer zu Püree zerdrücken. Die Rucolastreifen und die Gemüsebrühe untermengen und das Kartoffelpüree mit Salz und Pfeffer würzen. Bei Bedarf warm halten.

3 Das Seeteufelfilet rundum trocken tupfen, quer in 2 Stücke schneiden und mit dem Zitronensaft beträufeln. Salzen, pfeffern und jedes Stück in eine Scheibe Schinken wickeln. Eine flache Form mit der Hälfte des Öls auspinseln, die Filets hineinlegen und im vorgeheizten Backofen 20 Minuten garen.

4 Die Kirschtomaten waschen und vierteln. Das restliche Olivenöl in einer beschichteten Pfanne erhitzen und die Tomaten darin kurz anbraten. Mit Salz und Pfeffer würzen und mit dem Essig abschmecken. Mit dem Püree und den Filets auf einem Teller anrichten.

KH: 85 g | E: 35 g | F: 8 g | kcal: 563

TIPP: Freuen Sie sich über den Kohlenhydrat-Puffer bei diesem Rezept! Gönnen Sie sich eines der leckeren Desserts, die Sie an jedem Wochenende bei den Sonntagmittag-Rezepten finden. Oder Sie genießen einen kleinen Apfel oder eine kleine Birne.

Abendessen Samstag

Kohlrabisuppe mit Putenbrust

1 kleine Zwiebel | 250 g Kohlrabi | 1/2 Bund Frühlingszwiebeln | 125 g geräucherte Putenbrust | 1/2 TL Rapsöl | 200 g Gemüsebrühe | 50 g Crème légère | Salz | frisch gemahlener Pfeffer | frisch geriebene Muskatnuss

1 Die Zwiebel schälen und fein würfeln. Den Kohlrabi schälen und in nicht zu kleine Würfel schneiden. Die Frühlingszwiebeln putzen, waschen und in Ringe schneiden. Die Putenbrust rundum trocken tupfen und in Würfel schneiden.

Kohlrabisuppe mit Putenbrust

2 Das Rapsöl in einem Topf erhitzen und die Zwiebeln mit der Putenbrust darin anbraten. Die Kohlrabiwürfel zugeben und kurz mitbraten. Mit der Gemüsebrühe ablöschen und zugedeckt 15 Minuten leise köcheln lassen.

3 Etwa die Hälfte der Kohlrabiwürfel und der Putenbrust aus dem Topf heben. Den Rest mit der Crème légère pürieren. Frühlingszwiebeln, Kohlrabi und Putenbrustwürfel wieder in die Suppe einlegen und alles noch einmal kurz aufkochen. Die Suppe mit Salz, Pfeffer und Muskat würzen und sofort servieren.

KH: 16 g | E: 39 g | F: 15 g | kcal: 373

TIPP: Lust auf eine etwas andere Suppe mit asiatischem Touch? Dann probieren Sie dieses Rezept doch einmal mit der gleichen Menge weißem oder schwarzem Rettich aus. Der frische Geschmack überrascht so manchen Zweifler!

Tag 22 – Ihr Bewegungsplan

Sie starten heute in die vierte und letzte Woche Ihres Power-Plans. Den Anfang beim Muskelaufbautraining macht auch diesmal wieder der Rücken. Bestimmt haben Sie bemerkt, wie sich im Laufe der Trainingseinheiten Ihr gesamter Rumpfbereich immer fester und stabiler anfühlt.

Genau das wollen wir mit dem Training erreichen: Wir möchten Ihnen den Rücken frei halten, im Alltag und in der Freizeit. Wenn Sie möchten, können Sie sich nun durchaus auch an Ihre Belastungsgrenze herantasten, indem Sie bei den Übungen die eine oder andere Wiederholung mehr machen. Ambitionierte Einsteiger können sich dagegen an den Fortgeschrittenen-Übungen versuchen.

Ihr Pensum heute: Sie beginnen mit den Übungen, die Sie auf den Seiten 108 bis 111 finden und absolvieren bei diesem vierten Durchgang:

- pro Übung 3 Sätze ...
- ... mit je 1 Minute Pause
- Intensität: mittel bis hoch
- Dauer: etwa 45 Minuten

Ihr Hauptziel heute:
Das Rückentraining mit zusätzlichen Wiederholungen intensivieren und/oder mit den Fortgeschrittenen-Übungen variieren.

Frühstück Sonntag

Freie Wahl

▸ Rezepte und Nährwerte ab Seite 27

Wie wäre es mit einem kleinen Sonntagsbrunch zu Hause? Bereiten Sie sich dafür knapp eine halbe Portion Müsli zu, dazu ein halbes Brotfrühstück, ein Stück Obst und ein Glas Saft und natürlich Tee oder Kaffee. Und schon kann es mit dem genüsslichen Brunch losgehen!

Mittagessen Sonntag / Hauptgericht

Schweinefilet mit Bandnudeln

1 Zwiebeln | 100 g Staudensellerie | 100 g Möhren | 1 Stange Lauch | 100 g Schweinefilet | 1 kleine Knoblauchzehe | Salz | frisch gemahlener Pfeffer | 1 TL Rapsöl | 200 ml Gemüsebrühe | 1 EL Aceto balsamico | 90 g Bandnudeln (aus Hartweizen) | 1 EL Crème légère | 1 TL Saucenbinder

1 Die Zwiebel schälen und würfeln. Den Staudensellerie waschen, putzen und in schmale Scheiben schneiden. Die Möhren schälen, putzen und in Scheiben schneiden. Den Lauch putzen, waschen und in Ringe schneiden. Das Filet trocken tupfen. Die Knoblauchzehe schälen, halbieren und das Fleisch rundum mit den Schnittflächen einreiben. Mit Salz und Pfeffer würzen.

2 Das Öl in der beschichteten Pfanne erhitzen und das Filet darin rundum braun anbraten. Aus der Pfanne nehmen und beiseite stellen. Die Zwiebeln im verbliebenen Bratfond hell anbraten, Sellerie, Möhren und Lauch zugeben und kurz mitbraten. Mit der Gemüsebrühe und dem Aceto balsamico ablöschen. Den Pfanneninhalt in einen großen Topf umfüllen, das Filet einlegen und am Siedepunkt 20 Minuten garen.

3 Inzwischen die Bandnudeln in reichlich Salzwasser bissfest garen. Abgießen, abtropfen lassen und bei Bedarf warm halten. Das Fleisch aus der Brühe heben und in Alufolie warm halten.

4 Die Crème légère unter die Brühe ziehen, aufkochen und mit dem Saucenbinder andicken. Die Nudeln auf einem Teller verteilen. Das Fleisch aufschneiden und mit der Gemüsesauce neben den Nudeln anrichten.

KH: 88 g | E: 39 g | F: 17 g | kcal: 667

Mittagessen Sonntag / Dessert

Mango-Erdbeer-Granita

100 g Erdbeeren | 50 g Mangofruchtfleisch | 1/2 TL Honig | 1 TL Zitronensaft | 4 Blättchen Zitronenmelisse

1 Die Erdbeeren abbrausen, das Grün entfernen und die Beeren halbieren. Mit dem Mangofleisch, dem Honig und dem Zitronensaft fein pürieren. In Eiswürfelbehälter füllen und für mindestens 6 Stunden einfrieren.

2 Die Melisse abbrausen und in Streifen schneiden. Die Mango-Erdbeer-Eiswürfel in eine Tüte geben und mit einem Hammer oder Fleischklopfer zerkleinern. Die Granita in ein Dessertglas füllen und mit der Zitronenmelisse bestreut servieren.

KH: 16 g | E: 2 g | F: 0 g | kcal: 84

Abendessen Sonntag

Kräutersalat mit Champignons und Nordseekrabben

1 kleines Bund frische gemischte Kräuter (alternativ 1 TK-Päckchen gemischte Kräuter, 50 g) | 150 g Rucola | 250 g Champignons | 100 g Nordseekrabben

Für das Dressing: 1 1/2 EL weißer Aceto balsamico | 1 EL Rapsöl | 100 g fettarmer Joghurt | 100 ml Gemüsebrühe | 1 TL Zitronensaft | 1 Spritzer Worcestersauce

1 Wenn Sie frische Kräuter verwenden, diese abbrausen, trocken tupfen und die Blättchen von den Stängeln zupfen. Den Rucola waschen, putzen und trocken schleudern. Die harten Stiele entfernen und die Blätter mundgerecht zerschneiden.

2 Die Champignons putzen, mit Küchenpapier abreiben und auf dem Gurkenhobel fein schneiden. Die Scheiben dekorativ auf einem Teller anrichten.

3 Den Essig mit dem Öl verrühren und die Champignons rundum mit der Mischung bepinseln. Die Pilze salzen, pfeffern und etwa 15 Minuten ziehen lassen.

4 Inzwischen den Joghurt mit der Brühe, dem Zitronensaft und der Worcestersauce verquirlen und mit Salz und Pfeffer würzen. Die Kräuter (TK-Kräuter wenn nötig mit einer Gabel etwas lockern) mit dem Rucola im Joghurtdressing wenden und auf den Pilzen anrichten.

5 Die Krabben abbrausen, trocken tupfen und schön auf dem vorbereiteten Salatteller verteilen.

KH: 14 g | E: 36 g | F: 13 g | kcal: 363

TIPP: Nordseekrabben bekommen Sie frisch (beim Fischhändler), in der Kühltheke im Supermarkt oder eingefroren. Die gefrorenen Krabben sind auf dem Fischkutter sofort nach dem Fang verarbeitet worden. Falls Sie also nicht in Meeresnähe wohnen, ist Tiefkühlware in der Regel die beste Alternative.

Statt der Krabben können Sie selbstverständlich auch die gleiche Menge gemischte Meeresfrüchte verwenden. Und anstelle der Champignons schmecken im Herbst auch frische Pfifferlinge.

Kräutersalat mit Champignons und Nordseekrabben

Tag 23 – Ihr Bewegungsplan

Ihr Pensum heute:

In puncto Bewegung hat sich bei Ihrem Lebensstil wahrscheinlich einiges getan – vielleicht sind Sie ja sogar vom Sofa-Fan zum Bewegungsliebhaber geworden. Auf jeden Fall sind Sie nun aktiver als früher. Wie gut, dass es heute mit lockeren Freizeitaktivitäten weitergeht. Doch eine Stunde soll reichen. Gerade der Wechsel von Bewegung und Entspannung macht den idealen Trainingseffekt aus.

Trunz-Coaching-Tipp:

Diese eine Stunde Alltagsbewegung am heutigen Sonntag wird und soll Sie nicht besonders fordern. Allerdings möchten Sie sicher, dass Ihr Organismus weiter beschäftigt wird und so »ganz nebenbei« weitere Kalorien verbrennt. Denn damit zapfen Sie zusätzlich Ihre Fettdepots an. Die genüsslichen Sonntagsaktivitäten wecken außerdem Ihre Lust auf mehr Bewegung im Alltag. Sie werden auch nach Ihren vier Power-Wochen sicher nach Bewegungsmöglichkeiten suchen, anstatt diese – wie die meisten Menschen heutzutage – zu meiden.

Ihr Hauptziel heute:

Ohne Stress und Herausforderungen aktiv bleiben und dabei (nebenbei) Fett verbrennen. Kreativ sein in Sachen Bewegung: Welche Aktivitäten, die Sie auch gut in Ihren Alltag einbauen können, machen Ihnen Spaß und fordern Sie leicht, ohne dass Sie sich gleich richtig sportlich ins Zeug legen?

Starten Sie mit frischem Schwung in die neue Woche.

TAG 24: MONTAG

DAS BRAUCHEN SIE FÜR DIE VIERTE WOCHE

Frisch einkaufen bis Freitag

Fürs Frühstück: Zutaten siehe ab Seite 27 | 150 g Austernpilze | 150 g gemischte Blattsalate | 400 g Brokkoli | 1/2 Kopf Friséesalat | 1 Bund Frühlingszwiebeln | 1 kleines Stück Ingwer | 200 g Kürbisfleisch | 1 kleine Stange Lauch | 250 g Möhren | 1 rote Paprikaschote | 1 Radieschen | 1 kleines Bund Rucola | Salatblätter (Blattsalat, Rucola und Chicorée) | 450 g grüner, 200 g weißer Spargel | 250 g Spitzkohl | 400 g Tomaten | 250 g Zucchini | 1/2 Bund Koriander | 1/2 Bund Petersilie | 1 Apfel | 1 Aprikose (ersatzweise getrocknet) | 350 g Hähnchenbrustfilet | 150 g Schweinefilet | je 30 g Roastbeef, Serranoschinken, magerer geräucherter Schinken und Schnittkäse (30 % Fett) | 150 g festfleischiges Seefischfilet | 150 g Lachsfilet | Räucherlachs | 125 g Zanderfilet mit Haut | Crème légère | fettarme Milch | fettarmer Joghurt | fettreduzierte Salatcreme | Frischkäse mit Buttermilch (8 %) | Schmant | 2 Stängel Zitronengras, 1 Zitronenblatt (Asialaden) | 1 Vollkornbrötchen | 1 Brötchen | frische Hefe

Aus dem Vorrat

Kartoffeln (fest kochend) | Instant-Couscous | Mehl | Zwiebeln | Knoblauch | 100 g Berglinsen | Eier | Rosinen | gehackte Tomaten aus der Dose (kleine Dosen) | Sauerkraut (kleine Dose) | Geflügelbrühe | Gemüsebrühe | Aceto balsamico (weiß und dunkel) | Sherry- oder Rotweinessig | Weißweinessig | Sesamöl | Olivenöl | Rapsöl | Zitronensaft | Salz | Pfeffer aus der Mühle | Cayennepfeffer | getrocknete Kräuter (italienische Kräutermischung, Kräuter der Provence) | TK-Kräuter (Basilikum, Petersilie) | Gewürze (Koriander, Kreuzkümmel) | Meerrettich (Fertigprodukt) | Muskatnuss | Sojasauce | Fischfond | Senf | Honig | Kokosmilch (kleine Dose) | Olivenöl-Margarine | Vollkornbrot | Krustenbrot

Frühstück Montag

Freie Wahl

► Rezepte und Nährwerte ab Seite 27

Starten Sie in den Tag und die Woche mit viel innerer Wärme und Energie, die Sie aus einem der leckeren Kohlenhydrat-Frühstücke gewinnen.

Mittagessen Montag / gut zum Mitnehmen

Linsen-Kürbis-Pfannkuchen

100 g Berglinsen | 200 g Kürbisfleisch | 1/2 Stange Lauch | 200 ml Gemüsebrühe | 1 EL Aceto balsamico | 1/2 TL Honig | Salz | frisch gemahlener Pfeffer

Für den Teig: 40 g Mehl | 1 Ei | 80 ml fettarme Milch

Linsen-Kürbis-Pfannkuchen

1 Die Linsen nach Packungsanleitung garen. Abgießen und abtropfen lassen. Kürbisfleisch mundgerecht würfeln, Lauch putzen, waschen und in Ringe schneiden. Den Kürbis mit dem Lauch in der Brühe in 10 Minuten weich dünsten. Die vorgegarten Linsen zugeben, mit Balsamessig, Honig, Salz und Pfeffer würzen.

2 Für den Teig das Mehl mit Eiern, Milch und 1 Prise Salz verquirlen. In einer beschichteten Pfanne 2 Pfannkuchen backen. Das Gemüse auf je einer Pfannkuchenhälfte verteilen und die andere Hälfte darüberklappen.

KH: 100 g | E: 44 g | F: 15 g | kcal: 714

Abendessen Montag

Zanderfilet auf Sauerkraut-Paprika-Gemüse

1 rote Paprika | 1 TL Rapsöl | 2 Scheiben geräucherter Schinken (ca. 30 g) | 250 g Sauerkraut | 100 ml Fischfond oder Gemüsebrühe) | 125 g Zanderfilet mit Haut | Salz | frisch gemahlener Pfeffer | 1 EL Crème légère

1 Die Paprika vierteln, von Samen und Scheidewänden befreien, waschen und fein würfeln. Eine beschichtete Pfanne mit der Hälfte des Öls auspinseln, erhitzen und die Schinkenscheiben darin kross anbraten. Herausheben und auf Küchenpapier abtropfen lassen.

2 Das Sauerkraut in die heiße Pfanne geben und mit 2 EL Wasser im verbliebenen Fett andünsten. Mit dem Fond bzw. der Brühe ablöschen. Die Paprikawürfel zugeben und 10 Minuten bei mittlerer Hitze mitdünsten.

3 Inzwischen das Zanderfilet abbrausen, trocken tupfen und mit Salz und Pfeffer würzen. Eine zweite beschichtete Pfanne mit dem restlichen Öl auspinseln, erhitzen und die Filets darin auf der Hautseite 3 Minuten kross anbraten. Auf der Fleischseite in 2 Minuten fertig braten.

4 Die Crème légère unter das Sauerkraut rühren und das Kraut mit dem Fisch auf einem Teller anrichten. Mit den Schinkenstreifen belegen und servieren.

KH: 8 g | E: 36 g | F: 17 g | kcal: 345

Tag 24 – Ihr Motivations- und Entspannungstag

Ihr Pensum heute:

Am letzten Ruhe-Montag schlagen wir Ihnen vor, Ihre Muskeln zu lockern und zu dehnen.

Übung: Stretching

Machen Sie die vertrauten Dehnübungen (siehe Seite 104 und 105) – im Vergleich zum Warm-up und Cool-down sollten Sie jedoch länger und intensiver dehnen. Spüren Sie anschließend nach, wie sich Ihre Beweglichkeit innerhalb dieser Stretching-Einheit verbessert hat.

Ihr Hauptziel heute:

Beweglich werden als weiteres langfristiges Ziel neben der Leistungssteigerung beim Ausdauer- und Muskelaufbautraining.

TAG 25: DIENSTAG

Motto des Tages: **Lassen Sie Ihre Hormone für sich arbeiten!**

Sie lassen sich nicht mehr von Ihren Hormonen zum Essen verleiten, sondern haben seit 24 Tagen den Spieß umgedreht: Sie geben Ihrem Körper mit den Schlank-im-Schlaf-Gerichten und der dazu maßgeschneiderten Bewegung genau das, was er braucht. Im Gegenzug arbeiten die drei »Schlankhormone« Adrenalin, Noradrenalin sowie das Wachstumshormon für Sie.

Frühstück Dienstag

Freie Wahl

▸ Rezepte und Nährwerte ab Seite 27

Ihr Frühstück darf auf keinen Fall ausfallen. Wenn die Zeit mal knapp ist, nehmen Sie es zumindest mit zur Arbeit. Dann aber darauf achten, dass zwischen Frühstück und Mittagessen fünf Stunden Pause liegen.

Mittagessen Dienstag

Möhren-Couscous-Salat

100 g Instant-Couscous | 1 TL Rosinen | Salz | 250 g Möhren | 1 Bund Frühlingszwiebeln | 1/2 Bund Koriander | je 1 TL Sesamöl und Rapsöl | 1 EL frisch geriebener Ingwer | je 1 Prise Kreuzkümmel und Koriander | 1 TL Weißweinessig | 1 EL Zitronensaft | 50 g fettarmer Joghurt

1 Den Couscous mit den Rosinen mischen und nach Packungsanleitung mit kochendem Salzwasser übergießen. 5 Minuten quellen lassen. Mit einer Gabel auflockern und abkühlen lassen.

2 Die Möhren schälen, putzen und grob raspeln. Die Frühlingszwiebeln putzen, waschen und in Ringe schneiden. Den Koriander abbrausen, trocken tupfen, die Blättchen von den Stängeln zupfen und grob hacken.

3 Die beiden Öle in einer Schüssel mit dem Ingwer verrühren. Gewürze, Essig, Zitronensaft und Joghurt zugeben und mit Salz und Pfeffer zu einem Dressing verrühren.

4 Die Salatzutaten und den Couscous unter das Dressing heben, mit Folie verschließen und gut durchziehen lassen. Vor dem Servieren nach Belieben noch einmal mit Salz und Pfeffer abschmecken.

KH: 90 g | E: 20 g | F: 10 g | kcal: 533

TIPP: Auch bei diesem Mittagessen gibt es wieder einen kleinen Kohlenhydrat-Puffer: Also entweder eines der leckeren Mittagsdesserts vom Wochenende genießen oder 1 Stück Obst naschen!

Abendessen Dienstag

Balsamhähnchen mit Tomatenragout

1 kleine Knoblauchzehe | 2 TL Aceto balsamico | 50 ml Geflügelbrühe | 1/2–1 TL getrocknete italienische Kräuter | 150 g Hähnchenbrustfilet | 300 g Tomaten | 250 g Zucchini | Salz | Pfeffer | 1 TL Olivenöl

Tag 25 – Ihr Bewegungsplan

Was für die Rückenübungen galt, gilt auch fürs Ganzkörpertraining: Legen Sie in Sachen Intensität einen drauf! Entweder indem Sie je Übung und Durchgang die Zahl der Wiederholungen steigern oder indem Sie sich die Fortgeschrittenen-Übungen vornehmen.

Ihr Pensum heute: Sie beginnen mit den Übungen, die Sie auf den Seiten 112 bis 115 finden und absolvieren bei diesem dritten Durchgang:

- pro Übung 3 Sätze ...
- ... mit je 1 Minute Pause
- Intensität: mittel bis hoch
- Dauer: etwa 45 Minuten

Trunz-Coaching-Tipp:
Sie haben sich in relativ kurzer Zeit eine gute Basis antrainiert, um einen effektiven Muskelaufbau zu erreichen. Der Anfang ist also gemacht, bleiben Sie dran!

Ihr Hauptziel heute:
Die Muskeln intensiv stimulieren. Mit dem letzten Durchgang sollten die Muskeln ermüdet sein. Diese Intensität als Maßstab für künftige Workouts nehmen.

Balsamhähnchen mit Tomatenragout

1 Den Knoblauch schälen. Essig, Brühe und Kräuter verrühren und den Knoblauch dazupressen. Die Filets trocken tupfen, in einem tiefen Teller mit der Marinade beträufeln und etwa 20 Minuten darin marinieren.

2 Tomaten waschen, vierteln, von Strunk und Kernen befreien und würfeln. Zucchini waschen, putzen und in Würfel schneiden. Den Backofen auf 180 °C vorheizen.

3 Die Gemüsewürfel auf 2 große Stücke Alufolie verteilen. Salzen, pfeffern und mit dem Öl beträufeln. Die Filets aus der Marinade heben, salzen, pfeffern und auf die Gemüsewürfel legen. Mit der restlichen Marinade beträufeln. Die Folien zu festen Päckchen verschließen und für 25 Minuten in den vorgeheizten Backofen schieben.

KH: 18 g | E: 43 g | F: 12 g | kcal: 355

TAG 26: MITTWOCH

Motto des Tages: **An ausreichend Schlaf denken!**

Je länger Sie schlafen, umso mehr Zeit hat Ihr Körper, Fett zu verbrennen. Gehen Sie also wenn möglich früh zu Bett und schlafen Sie ausgiebig, damit die Schlankhormone möglichst viel Zeit für ihre Arbeit haben. Wer möchte, kann die nächtliche Fettverbrennung mit einem sehr lockeren Ausdauertraining vor dem Frühstück (siehe Seite 101) sogar noch etwas verlängern …

Frühstück Mittwoch

Freie Wahl

▸ Rezepte und Nährwerte ab Seite 27

Immer wieder morgens … Auf keinen Fall aufs Kohlenhydrat-Frühstück verzichten, denn Sie brauchen es als Startenergie für Ihren Tag!

Provenzalischer Fischeintopf

Mittagessen Mittwoch / ideal zum Mitnehmen

Provenzalischer Fischeintopf

150 g festfleischiges Fischfilet (z. B. Zander oder Seeteufel) | 1 EL Zitronensaft | Salz | frisch gemahlener Pfeffer | 500 g fest kochende Kartoffeln | 2 kleine Zwiebeln | 1 Knoblauchzehe | 1 TL Olivenöl | 1 kleine Dose gehackte Tomaten (400 g Einwaage) | 200 ml Fischfond (ersatzweise Gemüsebrühe) | 1 TL getrocknete Kräuter-der-Provence-Mischung | 2 EL gehackte Petersilie (frisch oder TK)

1 Die Fischfilets abbrausen, trocken tupfen und in 2 cm große Würfel schneiden. Mit Zitronensaft beträufeln, salzen und pfeffern. Etwa 15 Minuten ziehen lassen.

2 Inzwischen die Kartoffeln schälen, waschen und mundgerecht würfeln. Die Zwiebeln und den Knoblauch schälen und grob hacken.

3 Das Olivenöl in einem Topf erhitzen, Zwiebeln und Knoblauch darin goldgelb anbraten. Mit den Tomaten und dem Fond bzw. der Brühe ablöschen und aufkochen.

4 Die Kartoffeln mit den Kräutern zugeben, den Eintopf salzen, pfeffern und zugedeckt etwa 20 Minuten köcheln lassen, bis die Kartoffeln knapp gar sind.

5 Die Fischwürfel samt Marinade hinzufügen und zugedeckt knapp unter dem Siedepunkt in etwa 10 Minuten gar ziehen lassen. Den Eintopf noch einmal abschmecken und mit Petersilie bestreut servieren.

KH: 90 g | E: 44 g | F: 14 g | kcal: 681

Abendessen Mittwoch

Salat mit gebratener Hähnchenbrust

200 g Hähnchenbrustfilet | 1 EL Sojasauce | 150 g Austernpilze | 1 TL Rapsöl | Salz | frisch gemahlener Pfeffer | 250 g grüner Spargel | 150 g gemischte Blattsalate | 1 kleine Knoblauchzehe | 1 EL frisch geriebener Ingwer | 50 ml Brühe | 2 EL Sherry- oder Rotweinessig

1 Das Hähnchenbrustfilet in Streifen schneiden und mit 1 EL Sojasauce beträufeln. Kalt stellen. Die Pilze putzen und mundgerecht würfeln.

2 Eine beschichtete Pfanne mit der Hälfte des Öls auspinseln, erhitzen und darin die Filetstreifen mit den Pilzen anbraten. Salzen, pfeffern und erkalten lassen.

3 Den Spargel putzen, die Enden kappen und bei Bedarf das untere Drittel der Stangen schälen. Reichlich Salzwasser erhitzen und den Spargel darin 5 Minuten blanchieren. Abgießen und abtropfen lassen.

4 Den Salat putzen, waschen, trocken schleudern und klein zupfen. Knoblauch schälen und fein würfeln. Mit dem Ingwer, dem restlichen Öl, der restlichen Sojasauce, der Brühe und dem Essig verrühren und nach Belieben salzen und pfeffern.

5 Blattsalate auf einem Teller verteilen, Filet, Pilze und Spargel darauf anrichten. Mit dem Dressing beträufeln.

KH: 11 g | E: 61 g | F: 11 g | kcal: 382

Tag 26 – Ihr Bewegungsplan

Inzwischen macht Ihnen die Steigerung auf 55 Minuten fettstoffwechselbetonten Ausdauertrainings schon nichts mehr aus – wer hätte das vor knapp vier Wochen gedacht, als Sie mit 30 Minuten starteten und davor schon ganz schön Respekt hatten! Und auch diesmal gilt, worauf wir bereits hingewiesen haben: Mit wachsender Trainingserfahrung und steigender Fitness können Sie sich zunehmend auf die Aktivität selbst konzentrieren und die Reaktionen Ihres Körpers immer aufmerksamer wahrnehmen. Sie entwickeln insgesamt einfach ein besseres Körpergefühl.

Trunz-Coaching-Tipp:

Sie besitzen am Ende der vier Wochen nun genügend Erfahrung und Sicherheit, um Ihre Belastung jederzeit richtig dosieren zu können. Ausdauertraining, abseits von Stress, Zwang und Atemnot kann deshalb nun zum Erlebnis werden.

Ihr Hauptziel heute:

Hinwendung zum eigenen Körper. Die Erfahrung genießen, sich aus eigener Kraft über längere Zeit flott zu bewegen.

TAG 27: DONNERSTAG

Motto des Tages: **Alkohol und Nikotin sind echte »Abnehmbremsen«**

Wer im Rahmen des Power-Plans seinen Alkohol- und Nikotinkonsum nicht reduziert, wird bemerken, dass es mit dem Abnehmen nicht so richtig klappt. Denn Alkohol und Nikotin verhindern die Bildung und Ausschüttung des Melatonins – eines der Hormone, die Ihnen beim Power-Plan zu Hilfe kommen, indem sie den Fettabbau ermöglichen. Die beiden Genussgifte bringen außerdem den Stoffwechsel aus seinem Rhythmus.

Frühstück Donnerstag

Freie Wahl

▸ Rezepte und Nährwerte ab Seite 27

Frühstück muss sein. Aber das haben Sie nach 27 Tagen sicher verinnerlicht ...

Mittagessen Donnerstag

Spitzkohl-Kartoffel-Tarte

Für den Teig: 75 g Mehl | 8 g Hefe (1/4 Würfel) | 50 ml lauwarmes Wasser | Salz | 1 TL Olivenöl

Für den Belag: 200 g Kartoffeln | 250 g Spitzkohl | 1 kleines Ei | 150 ml fettarme Milch | frisch gemahlener Pfeffer | frisch geriebene Muskatnuss

1 Das Mehl in eine Rührschüssel geben und in die Mitte eine Vertiefung drücken. Die Hefe hineinbröckeln, das Wasser zugießen, mit der Hefe und etwas Mehl verrühren und den Vorteig zugedeckt 15 Minuten gehen lassen.

2 Inzwischen die Kartoffeln schälen, waschen und würfeln. In einem Topf Salzwasser aufkochen und die Kartoffelwürfel darin 15 Minuten garen. Abgießen, abtropfen lassen und bei Bedarf warm halten.

3 1/2 TL Salz und das Olivenöl zum Teig geben und mit dem Handrührgerät zu einem geschmeidigen Teig verarbeiten. Zugedeckt 30 Minuten gehen lassen.

4 Den Spitzkohl putzen, waschen und in feine Streifen schneiden. In Salzwasser 2 Minuten blanchieren. Abgießen und abtropfen lassen. Das Ei mit der Milch und den Gewürzen verquirlen. Den Backofen auf 170 °C vorheizen.

5 Den Teig ausrollen und eine Springform damit auslegen. Kartoffeln und Kohl einschichten, mit der Eiermilch begießen. Im vorgeheizten Ofen in 45 Minuten goldbraun backen.

KH: 96 g | E: 34 g | F: 15 g | kcal: 674

Spitzkohl-Kartoffel-Tarte

Abendessen Donnerstag

Lachsfilet auf Spargelsalat

400 g grüner und weißer Spargel | Salz | 150 g Lachsfilet | 2 EL Brühe | 1/2 Kopf Friséesalat

Für das Dressing: 3 TL weißer Aceto balsamico | 1 TL Senf | 50 ml Gemüsebrühe | 1/2 TL Rapsöl | 1/2 Pck. TK-Basilikum

1 Beide Spargelsorten von den harten unteren Enden befreien. Den weißen Spargel ganz schälen, den grünen bei Bedarf im unteren Drittel. Alle Stangen in 5 cm lange Stücke schneiden.

2 Reichlich Salzwasser erhitzen und die Spargelstücke darin 5 Minuten bissfest garen. Für das Dressing Essig, Senf, Brühe und Öl verquirlen. Den Spargel abgießen und darin abkühlen lassen.

3 Den Lachs abbrausen und trocken tupfen. Die Brühe in eine Pfanne gießen und den Lachs hineinlegen. Den Deckel auflegen und die Brühe erhitzen. Sobald sie kocht, die Hitze stark reduzieren und das Filet 3 Minuten darin sieden. Anschließend noch 5 Minuten nachziehen lassen.

4 Den Friséesalat putzen, waschen, trocken schleudern und die Salatblätter in mundgerechte Stücke zupfen. Das Basilikum abbrausen, trocken tupfen, die Blättchen abzupfen und mit dem Salat unter den Spargel in der Marinade mengen. Den Salat auf einem Teller anrichten und den Lachs darauf setzen.

KH: 16 g | E: 36 g | F: 15 g | kcal: 349

Tag 27 – Ihr Motivations- und Entspannungstag

Ihr Pensum heute:

Tee trinken und resümieren: Was haben Sie in den letzten vier Wochen alles geleistet? Wie hat sich dadurch Ihr Körpergefühl und das Verständnis Ihres Körpers verändert? Sie werden sehen, ein Blick zurück lohnt sich und motiviert für das, was als Nächstes kommt.

Übung: Teetrinken

Wie wäre es mit einer Tasse grünem Tee, der nicht nur erfrischend schmeckt, sondern auch noch Ihren Stoffwechsel ankurbelt. Und während Sie so dasitzen und Ihren Tee trinken, sollten Sie überlegen,

- dass Sie innerhalb der letzten vier Wochen Ihr Bewegungspensum enorm gesteigert und immer mehr Freude an der Bewegung bekommen haben.
- dass Sie mithilfe des Muskelaufbautrainings einem Muskelabbau vorgebeugt und sogar neue Muskeln aufgebaut haben. Das macht nicht nur einen schönen, straffen Körper, sondern ist die Basis, um das neue Gewicht dauerhaft zu halten.

Ihr Hauptziel heute:

»Tee trinken und genießen.«

TAG 28: FREITAG

Motto des Tages: **Keine Chance den Verführern!**

Sicher kennen auch Sie diese Situation: Sie sitzen vor dem Fernseher und werden in der Werbepause darauf hingewiesen, dass es nun doch Zeit für den kleinen Hunger wäre. Also stehen Sie auf, schleichen sich an die Küchenschublade mit den Naschereien heran ... Stopp! Sie haben nun vier Wochen nach dem Schlank-im-Schlaf-Prinzip gelebt und super durchgehalten. Und wenn Sie ehrlich sind: So schwer war das auch gar nicht, oder?
Geben Sie den Verführungen keine Chance. Verschenken Sie Ihre Vorräte an Schokolade, Chips & Co., und legen Sie sich gar nicht erst wieder einen Vorrat an. Spüren Sie stattdessen, wie angenehm satt Sie mit den Schlank-im-Schlaf-Mahlzeiten sind. Freuen Sie sich, dass Sie sich so leicht zu etwas verführen lassen, was Sie gar nicht wollen! Das ist gut fürs Selbstbewusstsein – und den nächsten Naschhunger werden Sie noch viel gelassener meistern.

Frühstück Freitag

Freie Wahl

▶ Rezepte und Nährwerte ab Seite 27

Der letzte Ihrer 28 Power-Plan-Tage beginnt! Wenn Sie Abwechslung lieben, sollten Sie heute mit einem Frühstücksmüsli starten, denn mittags steht reichlich Brot pur auf dem Programm.

Mittagessen Freitag

Brote à la carte

Schwelgen Sie heute mal ausgiebig in Brot-Köstlichkeiten! Dieses kleine »kalte Buffet« passt ausgezeichnet zum letzten Tag Ihrer erfolgreichen vier Power-Wochen.

Vollkornbrot mit Lachs: 2 Scheiben Vollkornbrot | 1 EL fettreduzierte Salatcreme (25 %) | 2 Salatblätter | 30 g Räucherlachs | 1 in Scheiben geschnittenes Radieschen

Vollkornbrötchen mit Roastbeef: 1 Vollkornbrötchen | 1 TL Frischkäse mit Buttermilch | 1/2 TL Meerrettich | 1/4 grob geraspelter Apfel (mit Zitronensaft beträufelt) | 30 g Roastbeef | 2 Chicoréeblätter

Italienisches Brötchen: 1 Brötchen | 1/2 TL Halbfettmargarine | 2 Salatblätter | 30 g Serranoschinken ohne Fettrand | 2 Tomatenscheiben | 1 TL Aceto balsamico

Rucola-Käse-Brot: 2 Scheiben Krustenbrot | 1 TL Schmant | 1 Handvoll Rucola | 30 g Schnittkäse (30 % Fett i. Tr.) | 1/2 in Spalten geschnittene Aprikose

1 Die Brote beziehungsweise Brötchen mit der Salatcreme, dem Frischkäse, der Margarine und dem Schmant bestreichen und den jeweils angegebenen Belag dekorativ darauf anrichten. Jedes Brot und beide Brötchen halbieren und alles schön auf einem großen Teller oder einem Holzbrett anrichten.

KH: 96 g | E: 41 g | F: 18 g | kcal: 732

Abendessen Freitag

Schweinefilet mit Brokkoli und Zitronengras-Sauce

2 Stangen Zitronengras | 100 ml Kokosmilch (Fertigprodukt) | 1 Zitronenblatt | 150 ml Brühe | Salz | frisch gemahlener Pfeffer | 150 g Schweinefilet | 1 Prise Cayennepfeffer | 1/2 TL Rapsöl | 400 g Brokkoli

1 Das Zitronengras waschen und in Stücke schneiden. Die Kokosmilch mit dem Zitronenblatt und der Brühe in einem Topf geben, aufkochen und etwa 20 Minuten köcheln lassen. Dabei auf etwa die Hälfte reduzieren. Salzen, pfeffern und durch ein feines Sieb gießen.

2 Den Backofen auf 180 °C vorheizen. Das Filet trocken tupfen, mit Salz und Cayennepfeffer würzen. Eine Pfanne mit dem Öl auspinseln, erhitzen und das Filet darin rundum anbraten. Aus der Pfanne heben und in einer feuerfesten Form im vorgeheizten Backofen 15 Minuten nachziehen lassen.

3 Den Brokkoli putzen, waschen und in Röschen teilen. Reichlich Salzwasser erhitzen und die Röschen darin 4 Minuten offen garen. Abgießen und abtropfen lassen.

4 Das Filet aus dem Ofen nehmen, kurz ruhen lassen und dann in Scheiben schneiden. Mit dem Brokkoli und der Zitronengras-Sauce auf einem Teller anrichten.

KH: 15 g | E: 47 g | F: 11 g | kcal: 349

TIPP: Mehr Aroma behält der Brokkoli, wenn er 10 Minuten über heißem Wasserdampf in einem Garkörbchen oder Siebeinsatz gedämpft wird.

Schweinefilet mit Brokkoli und Zitronengras-Sauce

Tag 28 – Ihr Bewegungsplan

Ihr Pensum heute:
Sie knacken heute erstmals die 60-Minuten-Marke. Bei einer Stunde Dauertraining in Ihrer optimalen Belastungszone sind die Pforten der Fettdepots offen!

Trunz-Coaching-Tipp:
Was andere vielleicht nie erreichen (weil sie zu wenig aktiv sind oder aber falsch trainieren), haben Sie binnen vier Wochen auf die Beine gestellt. Sie können stolz auf sich sein und sollten Ihre neue Leistungsfähigkeit genießen, die sich auch im Alltag bemerkbar macht.

Ihr Hauptziel heute:
Finale! Ihre Erfolge genießen und sich darauf freuen, dass Ihr Leben von nun an leichter und fitter ist.

Sportlich powern nach Plan

Die Insulin-Trennkost für sich ist eine plausible und runde Sache. Ebenso die Tatsache, dass wir unseren Biorhythmus nicht verleugnen sollten und ein Leben im Einklang mit ihm große Vorteile für unseren Stoffwechsel, unsere Bauchspeicheldrüse und damit für unser Gewicht bringt. Doch wer langfristig mit dem Schlank-im-Schlaf-Konzept erfolgreich – und damit schlank – sein möchte, sollte auch auf gezielte Bewegung setzen: Mit ihrer Hilfe schalten Sie nicht nur den »Abnehmturbo« ein, sondern machen auch einen entscheidenden Schritt hin zu einem schönen, straffen Körper und damit zu mehr Wohlbefinden.

So bringen Sie mehr Bewegung in Ihr Leben

Lange bevor die ersten Ergebnisse zum Schlank-im-Schlaf-Konzept präsentiert werden konnten, führten wir die verschiedensten Untersuchungen darüber durch, welche Art von Bewegung die Insulin-Trennkost und das Leben im Biorhythmus optimal unterstützen könnte.

Dabei stellte sich heraus, dass das Erfolgrezept für gesundes und langfristiges Abnehmen in der Kombination von fettstoffwechselbetontem Ausdauertraining und gezieltem Muskelaufbautraining besteht. Wer diesen Power-Bewegungsplan dann noch mit regelmäßigen »Bewegungshäppchen« im Alltag garniert, wird mit dem neuen, aktiven Lebensstil garantiert Erfolg haben – auf Dauer!

Bausteine, die ganz einfach zu kombinieren sind

Wir haben den Bewegungsplan für Sie so zusammengestellt, dass alle Bausteine ihren optimalen Platz im Ablauf des Plans haben und ein Maximum an Ergebnis bei einem Minimum an Aufwand garantieren.

Damit die Einheiten möglichst übersichtlich und einprägsam sind, haben wir einen Wochenplan mit fest definierten, den einzelnen Wochentagen zugeordneten Trainingseinheiten entwickelt. Das heißt, jeder Tag hat seine eigene Ausrichtung. Dabei taucht im Laufe einer Woche zweimal eine Muskeltrainingseinheit auf, von denen eine den Schwerpunkt auf die Rücken- und Bauchmuskulatur legt, die zweite dagegen als Ganzkörpertraining konzipiert ist und damit alle großen Muskelgruppen des Körpers anspricht. Hinzu kommen zwei Ausdauer-Einheiten pro Woche, die sich in der Dauer langsam steigern, plus eine Bewegungseinheit am Sonntag. Bei Letzterer geht es während der gesamten vier Wochen nie um sportliche Höchstleistungen, sondern vielmehr darum, Ihren Fettstoffwechsel durch lockere, dafür aber ausgiebige Bewegung zu aktivieren. Abgerundet wird das Programm durch zwei Ruhetage, die fürs Relaxen da sind und für die sich die eine oder andere Yoga- oder Atemübung anbietet.

Bitte verzichten Sie nicht aus Ehrgeiz oder vor Begeisterung auf die empfohlenen Ruhetage und die eher lockeren Bewegungseinheiten! Ihr Körper braucht sie, um zu regenerieren und die Trainingsreize optimal verarbeiten zu können.

Ihre Bewegungswoche in der Übersicht

Wochentag	Bewegungspensum
Samstag	Muskeltraining 1: Schwerpunkt Rücken- und Bauchmuskeln
Sonntag	Ausgedehnte Freizeitaktivitäten zur Fettstoffwechselaktivierung
Montag	Ruhetag, Entspannung, Relaxen
Dienstag	Muskeltraining 2: Schwerpunkt obere und untere Extremitäten
Mittwoch	Ausdauertraining 1
Donnerstag	Ruhetag, Entspannung, Relaxen
Freitag	Ausdauertraining 2

Immer wieder samstags ...

Wir starten das Bewegungsprogramm bewusst an einem Wochenende, weil an diesen Tagen bei den meisten Ruhe und Zeit zur Verfügung stehen, die für einen positiven Einstieg wichtig sind. »Gezielter Aufbau der Rumpfmuskulatur« lautet das Motto für diese erste Trainingseinheit. Und das mit gutem Grund, denn je besser Rücken- und Bauchmuskelkorsett trainiert und damit stabilisiert sind, umso sicherer können mögliche Überlastungen im Bereich der Wirbelsäule ausgeschlossen werden.

Sonntag: Bewegung, die Spaß macht

Der Sonntag ist für Bewegungsaktivitäten reserviert, die wenig intensiv sind, dafür aber entsprechend ausgiebiger. »Betontes Fettstoffwechseltraining« heißt die Devise. In diesem Bereich bewegen Sie sich, wenn Sie sich längere Zeit moderat fordern, ohne dabei außer Atem zu kommen, an Ihre Grenzen zu gehen oder sich gar zu überfordern. Deshalb muss am Sonntag nicht unbedingt »Sport pur« auf dem Plan stehen. Auch intensivere, ausgedehnte Spaziergänge, zügiges Wandern oder einfach ein aktiv gestalteter Wochenendausflug mit dem Fahrrad bringen Ihren Fettstoffwechsel auf Touren.

Montag: mit Ruhe in die Woche

Am Montag ist in unserem Power-Plan zum ersten Mal Ruhen und Relaxen angesagt. Am besten unterstützen Sie die nun fällige Regeneration mit gezielten Maßnahmen, die Sie bei den jeweiligen Tagen im zweiten Kapitel finden. Ob Massage, gezielte Entlastung, Bad oder Entspannungsübung: Es ist wichtig, dass Sie Ihrem Körper Zeit geben, sich zu erholen, und ihn dabei mithilfe unserer Tipps so gut wie möglich unterstützen.

Dienstag: Training für den ganzen Körper

Ihr Ganzkörper-Workout findet jeweils dienstags statt. Seit dem Rückentraining sind nun drei Tage vergangen – jetzt ist deshalb der optimale Zeitpunkt, um mit dem Muskeltraining weiterzumachen. Sie sind ausgeruht und können nun konzentriert Ihr Muskelaufbautraining der großen Muskelgruppen in Angriff nehmen. Das kommt auch Ihrer Haltung zugute und wirkt Rückenschmerzen entgegen.

Mittwoch: der erste Ausdauertag

Weiter geht es am Mittwoch mit der ersten Ausdauer-Einheit. Hierzu sollten Sie sich zuerst eine passende Sportart aussuchen (siehe ab Seite 101), die Sie innerhalb der vierwöchigen Powerphase systematisch aufbauen und entwickeln werden. Wichtig: Umrahmen Sie auch Ihr Ausdauertraining stets mit einem Warm-up und einem Cool-down (siehe ab Seite 105).

Donnerstag: Zeit zum Relaxen und Luftholen

Dieser Tag steht zu Ihrer freien Verfügung. Heute finden Sie bei uns keine Bewegungstipps – Sie können also tun und lassen, was Sie möchten. Natürlich ist nichts dagegen einzuwenden, wenn Sie auch an diesem Tag Ihren aktiven Lebensstil weiter verfolgen. Auf der (Kalorien-)Rechnung haben wir diesen Tag allerdings nicht.

Freitag: Ausdauer, die Zweite

Am Freitag steht jeweils die zweite Ausdauer-Trainingseinheit auf dem Programm. Sie werden schnell erkennen, dass wir Ihr Programm von Mal zu Mal etwas ausweiten. Unsere Grundregel lautet dabei: Wir steigern den Umfang des Trainingspensums, nicht jedoch seine Intensität. So bleiben Sie immer im Bereich des Fettstoffwechseltrainings.

Wichtige Sport-Basics

Sie absolvieren nach dem eben vorgestellten Power-Schema vier optimal aufeinander abgestimmte Aktivwochen. Das heißt aber nicht, dass Sie Ihren Wochenablauf ganz und gar danach ausrichten müssen.

Aktivwochen ohne starres Korsett

Selbstverständlich können Sie den Plan auch variieren, wenn es Ihnen nötig und sinnvoll erscheint. Wichtig ist immer, dass Sie die Aktivitäten ohne Stress gut in Ihrem Zeitplan unterbringen können. Dabei sollte der Power-Bewegungsplan eine hohe Priorität in Ihrem Terminkalender haben, etwa wie ein berufliches Projekt, für dessen Erfüllung Sie genau vier Wochen Zeit haben.

Falls Sie die eine oder andere Umstellung vornehmen müssen, sollten Sie darauf achten, dass nicht zwei Einheiten des Muskel- oder Ausdauertrainings unmittelbar aufeinander folgen. Natürlich besteht auch die Möglichkeit, innerhalb der Aktivitäten zu wechseln: Wenn Sie etwa im Fitnessstudio trainieren, können Sie – je nach Inhalt Ihres Trainingsplans – die entsprechende Ausdauer- oder Krafteinheit dort absolvieren. Viel wichtiger als solche Details ist nämlich die Tatsache, dass Sie Ihren Power-Bewegungsplan in vollem Umfang konsequent in die Tat umsetzen.

Bewegung als Abnehmturbo

Das Gesamtpensum der Bewegungseinheiten ist so bemessen, dass Sie insgesamt einen hohen Kalorienverbrauch erzielen. Dieser garantiert Ihnen einen guten und gesunden Abnehmerfolg. Dazu werden Sie wöchentlich rund vier Stunden lang aktiv sein. Das heißt, dass Ihnen wie auch bei der Insulin-Trennkost beim Power-Bewegungsplan nichts geschenkt wird. Doch sollten Sie sich im Gegenzug immer wieder vor Augen führen, dass Sie sich selbst mit Gesundheit, Fitness und einem rundum besseren Wohlbefinden beschenken. Keine Frage, Sie werden das schaffen, und es wird Ihnen jeden Tag leichter fallen.

Vom optimalen Zeitpunkt

Sie haben im ersten Teil des Buches einiges über Ihren Biorhythmus erfahren und dabei gehört, dass es fürs Essen, aber auch für die Bewegung einen optimalen Zeitpunkt gibt. Das gilt vor allem fürs Muskelaufbautraining, das am frühen Abend (idealerweise ab 17.00 Uhr) besonders wirkungsvoll ist. Der gleiche Zeitpunkt ist auch gut für Ihr Ausdauertraining, denn gerade am Abend werden durch die gleichmäßige Bewegung die Türen für die nächtliche Fettverbrennung geöffnet. Eine optimale Alternative ist, das Ausdauertraining am frühen Morgen (ab 6.00 Uhr bis 7.00 Uhr) durchzuführen. Denn um diese Uhrzeit wird die Fettverbrennung besonders gut angekurbelt – insbesondere wenn Sie vor dem Frühstück loslegen. Das gilt aber nur dann, wenn die Intensität des Trainings wirklich mäßig ist und Sie nicht an Ihre Grenzen gehen (siehe auch Seite 101).

Bewegung und Ernährung – Hand in Hand

Unser Insulin-Trennkost-Prinzip macht Ihnen das Leben mit viel Bewegung leicht: Frühstück und Mittagessen versorgen Sie mit reichlich Kohlenhydraten, also mit Energie. So verfügen Sie während des ganzen Tages über ausreichend Power, um leistungsfähig und leistungsbereit zu sein. Dadurch ist die optimale Basis gelegt, um Fett verbrennen und nach und nach Muskelgewebe aufzubauen. Die abendliche Einweißmahlzeit dagegen liefert Ihrem Körper die nötigen Proteine, um über Nacht optimal regenerieren und Muskeln aufbauen zu können.

Effektives Muskeltraining

Alles, was nicht gefordert wird, verkümmert. Das gilt auch für unser größtes Stoffwechselorgan, die Muskulatur. Wer schon einmal länger – durch eine Verletzung oder Krankheit – ans Bett gefesselt war, der weiß, wie schnell der Muskelabbau vonstatten geht. Glücklicherweise geht es aber auch umgekehrt: Durch gezieltes Training können Sie Ihre Muskulatur relativ zügig aufbauen.

Der Abnehmerfolg entscheidet sich in der Muskulatur

Wie wichtig eine intakte, trainierte Muskulatur für das Abnehmen ist, lässt sich gut an einem Bild verdeutlichen: Stellen Sie sich die Muskulatur doch einmal als Organ mit vielen Brennöfen (den Mitochondrien) vor, in denen ständig – sowohl in Ruhe als auch bei Belastung – mehr oder weniger große Feuer lodern. Je mehr dieser Öfen es gibt und je größer sie sind (also je trainierter und größer die Muskeln sind), umso mehr Energie wird rund um die Uhr verbrannt.

Damit steht ein wichtiges Ziel unseres Trainings fest: Ihre Muskulatur aufzutrainieren, damit die Zahl und die Größe der »Öfen« ansteigt. Denn jedes Kilogramm Muskelmasse erhöht Ihren Energieumsatz und trägt damit entscheidend zum Abnehmerfolg bei. Umgekehrt ist ein Abnehmen mit einer untrainierten, geringen Muskelmasse enorm schwierig, da der Energieumsatz entsprechend gering ausfällt und der Körper überschüssige Energie sofort wieder in den Fettdepots speichert. Genau das ist auch Ursache des Jo-Jo-Effekts: Im Rahmen einer »klassischen Diät« kommt es mit dem Abnehmen in der Regel auch zu einem deutlichen Abbau an Muskulatur. Damit haben sich Zahl und Größe der Brennöfen verkleinert. Wer nun seine Diät beendet, nimmt überproportional schnell wieder zu, da der »Muskelmotor« nur noch auf Sparflamme brennt. Das passiert Ihnen mit dem 4-Wochen-Power-Plan nicht, wie wissenschaftliche Untersuchungen belegen. Sie erhalten damit nicht nur Ihre Muskulatur, sondern bauen sie darüber hinaus auf Dauer sogar auf.

INFO

Mit den Muskeln wächst der Grundumsatz

Der Grundumsatz (Energieumsatz unter Ruhebedingungen) macht ungefähr drei Viertel des gesamten Energieverbrauchs aus. Er wird in erster Linie von der Muskelmasse bestimmt. Es lohnt sich also, die Muskulatur zu erhalten und aufzutrainieren. Jedes Kilo an Extra-Muskelgewebe erhöht den Energieverbrauch um etwa 30 kcal. Dieser 24-Stunden-Effekt ist langfristig genauso wirksam wie der Energieverbrauch durch erhöhte körperliche Aktivität (etwa beim Sport).

Die Abwärtstendenz ab 30 stoppen!

Glücklicherweise ist die Muskulatur gut trainierbar – in jedem Alter! Dagegen verlieren wir etwa ab dem 30. Lebensjahr Jahr für Jahr an Muskelmasse, wenn wir nichts dagegen tun. Das ist auch der Grund dafür, dass wir ab 30 plötzlich schneller zunehmen, ohne dass wir mehr essen als früher. Ein effektives Krafttraining kann auch hier gegensteuern. Beim Power-Plan geht es also nicht darum, Muskelberge anzuhäufen, sondern um den Erhalt und auch den Zuwachs unseres größten Stoffwechselorgans – der Muskulatur.

Workouts mit zweierlei Ausrichtung

Als Basis für Ihren Muskelerhalt beziehungsweise -aufbau haben wir zwei Workouts mit jeweils acht Übungen entwickelt. Dabei werden vorrangig die großen Muskelgruppen des Körpers trainiert, um möglichst viele Muskelfasern innerhalb einer Trainingseinheit zu aktivieren und den Stoffwechsel optimal zu fördern.

Beim ersten Workout (immer samstags) liegt der Schwerpunkt auf dem Rumpfmuskeltraining (auch »Körpermitte« oder »Core«), womit wir gleich zwei Fliegen mit einer Klappe schlagen: Einerseits lasst sich so der Rücken stärken, andererseits der Stoffwechsel aktivieren. Und schon bald werden Sie mit einer gestärkten Rumpfmuskulatur den Belastungen im Alltag, in der Freizeit und beim Sport besser gewachsen sein.

Das zweite Workout (dienstags) ist ein Ganzkörperprogramm, das sich allen weiteren großen Muskelgruppen widmet – so fällt der Trainingseffekt großflächig aus. Bei beiden Programmen unterscheiden wir übrigen ein Basisprogramm für Einsteiger und Spezialübungen für Fortgeschrittene.

1. Basisübungen für Einsteiger

Bei den Basisübungen handelt es sich um Kräftigungsübungen, die mit dem eigenen Körpergewicht arbeiten. Deshalb brauchen Sie außer einer (Gymnastik-)Matte, einer Decke oder einem Handtuch keinerlei Hilfsmittel. Diese Übungen bilden die Basis unseres Power-Bewegungsplans. Wenn Sie die Bewegungsabläufe sicher beherrschen und Ihre Fitness sich nach und nach bessert, sollten Sie sich allmählich an die schwierigeren Spezialübungen heranwagen.

2. Spezialprogramm für Fortgeschrittene

Die Spezialübungen werden gegenüber den Basisübungen durch den Einsatz eines einfachen Gymnastikballes (eines so genannten »Overballs«, den Sie für weniger als fünf Euro in jedem Sportgeschäft bekommen) intensiviert. Wer die Übungen erst einmal ohne Ball ausprobieren möchte, kann alternativ ein zusammengerolltes Handtuch benutzen. Doch egal ob Handtuch oder Ball: Nachdem Sie mit den Basisübungen schon ein besseres Körpergefühl entwickelt haben, werden Sie staunen, welche neuen Belastungsreize sich für die Muskulatur durch diese Zusatzanforderung ergeben.

INFO

Kleiner Ball ganz groß

Mithilfe des simplen Overballs lässt sich bei manchen Übungen ein »labiler Untergrund« schaffen, der unseren Bewegungsapparat vor neue Herausforderungen stellt: Das Zusammenspiel von Muskeln und Nervenbahnen wird besonders stark gefordert, und die Muskeln müssen zusätzlich das Gleichgewicht sichern. Unter dem Strich sind dadurch mehr Muskelfasern im Einsatz, was wiederum zu einem effektiveren Muskelaufbau führt.

Der Ball lässt sich jedoch auch als zusätzlicher Widerstand einsetzen. Wird er etwa bei den Bauchmuskelübungen zwischen den Knien fixiert oder zusammengedrückt, werden weitere Muskelgruppen aktiviert. Ziehen Sie die Bauchdecke bewusst ein. Dadurch aktivieren Sie die für den Schutz der Lendenwirbelsäule besonders wichtige quere Bauchmuskulatur.

Sanftes Krafttraining für satte Erfolge

Wir wissen heute, dass man bereits mit moderaten Trainingsbelastungen wirkungsvoll Muskeln aufbauen kann. Sie müssen sich also weder quälen noch an Ihre Belastungsgrenze gehen. Entscheidend ist einzig, dass Sie unser Trainingsprogramm konzentriert und regelmäßig nach Plan durchführen. Damit wirklich nichts mehr schiefgehen kann, hier noch einmal in der Zusammenfassung unsere Empfehlungen zum Aufbau und zur Dosierung Ihres Trainings.

Locker-leichtes Training ist besonders effektiv!

Basic 1

An erster Stelle steht eine saubere Bewegungsausführung. Achten Sie deshalb stets auf kontrollierte, aktiv stabilisierte Bewegungen. Vermeiden Sie Ausweich- und Schwungbewegungen. Stabilisieren Sie Ihren Rücken, indem Sie die Bauch- und Gesäßmuskeln aktiv anspannen.

Basic 2

Je nach Trainingszustand und Wohlbefinden sollten Sie bei jeder Übung zwischen 10 und 15 Wiederholungen ausführen. Einsteiger sollten dabei nicht an ihre Grenzen gehen, während Fortgeschrittene die Intensität nach und nach erhöhen können. Achten Sie auf eine gleichmäßige Atmung und trainieren Sie nur so, dass die Bewegung nicht schmerzt.

Basic 3

Der Muskelaufbau gelingt optimal mit einem Satztraining: Dabei werden je Übung 2 bis 3 Durchgänge (Sätze) absolviert, erst dann wechseln Sie zur nächsten Übung. Zwischen den Sätzen liegen jeweils etwa 1-minütige Pausen mit Lockerungsübungen und leichten Gymnastikübungen.

Basic 4

Der Power-Bewegungsplan enthält pro Woche zwei Einheiten zum Muskelaufbautraining: Einmal liegt der Schwerpunkt auf der Rückenmuskulatur, das andere Mal auf der Kräftigung des gesamten Körpers. Bitte halten Sie sich an diese Zweiteilung, denn sie führt zum optimalen Erfolg.

Basic 5

Starten Sie jedes Workout mit einem kurzen Aufwärmen (siehe Warm-up ab Seite 105), und beenden Sie es mit den entsprechenden Cool-down-Übungen (siehe Seite 106).

Ausdauertraining für die optimale Fettverbrennung

Ein Blick auf die Vielfalt attraktiver Freizeitsportarten zeigt: Für jeden Geschmack und Charakter ist eine passende Sportart dabei – ob Klassiker wie Joggen, Radfahren und Schwimmen oder Trendsportarten wie Walking, Nordic Walking und auch Inline-Skating.
Beim Power-Plan konzentrieren wir uns neben dem Muskelaufbautraining auf die Ausdauersportarten, da diese am besten dosier- und kontrollierbar sind und so die besten Effekte für die Gesundheit und fürs Abnehmen bringen. Entscheiden Sie sich für eine Ausdauersportart, die Sie in den kommenden vier Wochen systematisch einsetzen.

Welche Sportart passt zu mir?

Natürlich muss Ihnen die gewählte Sportart insgesamt zusagen. Denn erfahrungsgemäß wird nur dann langfristig Sport ausgeübt, wenn die Sportart Spaß macht und man sich deshalb aufs nächste Training freut. Doch wir möchten nicht verschweigen, dass es noch eine Reihe weiterer (gesundheitlicher) Entscheidungskriterien gibt, die Sie unbedingt berücksichtigen sollten.

Das Gewicht spielt eine Rolle

Bei der Auswahl einer geeigneten Sportart spielt bei Übergewicht vor allem das Thema Gelenkbelastung eine wesentliche Rolle: Je mehr Gewicht in der Bewegung auf die Gelenke wirkt, umso höher ist die Gefahr, sich zu überlasten und die Gelenke zu verschleißen. Das gilt in erster Linie für Sportarten wie Walking, Nordic Walking oder Jogging, bei denen Sie Ihr gesamtes Körpergewicht bei jedem Schritt transportieren müssen.

INFO

Berechnen Sie Ihren BMI

Um aus der Tabelle auf der nächsten Seite die für Sie optimale Sportart auswählen zu können, müssen Sie zuerst Ihren BMI (Body-Mass-Index) bestimmen. Dieser Wert setzt Ihr Körpergewicht ins Verhältnis zu Ihrer Größe.

Mithilfe eines Taschenrechners und folgender Formel ist die Berechnung ganz leicht:

$$\text{BMI} = \frac{\text{Körpergewicht in kg}}{(\text{Körpergröße in m})^2}$$

Beispiel: Sie wiegen 80 kg und sind 1,70 m groß

80 : (1,70 x 1,70)

Ihr BMI = 27,7

In diesem Fall beträgt Ihr BMI rund 28.

Die Richtwerte für den BMI sehen übrigens so aus:

BMI unter 19: Untergewicht

BMI 19 bis 25: idealer Bereich

BMI 25 bis 30: leichtes Übergewicht

BMI über 30: starkes Übergewicht

Walking, Nordic Walking oder Laufen?

Wenn Sie untrainiert sind, liegen Sie mit Walking genau richtig, um (wieder) mit dem Training zu beginnen. Die Belastung lässt sich bei dieser sanften Ausdauersportart gut kontrollieren, und die Gelenkbelastungen sind moderat – vorausgesetzt, Sie achten auf die richtige Technik und einen »runden« Bewegungsablauf und walken auf weichem Untergrund (optimal ist Waldboden). Wenn Sie die Trainingsintensität und damit den Trainingseffekt erhöhen wollen, steigen Sie idealerweise in einem nächsten Schritt von Walking auf Nordic Walking um. Dabei müssen Sie zumindest anfangs Ihre Geschwindigkeit reduzieren, denn sonst laufen Sie Gefahr, sich zu überfordern. Denn bei gleicher Geschwindigkeit sind nun deutlich höhere Herzfrequenzen zu erwarten, das Training ist intensiver, da auch die Muskeln Ihres Oberkörpers im Einsatz sind. Dementsprechend fällt natürlich auch der Kalorienverbrauch höher aus. Fürs Laufen sollten Sie sich erst entscheiden, wenn Sie einen gewissen Fitnesslevel erreicht haben und kein deutliches Übergewicht aufweisen. Auch beim Laufen ist selbstverständlich eine gute Technik sehr wichtig.

Die Tabelle zeigt Ihnen, welche Sportart für Sie geeignet ist. Dazu ordnen Sie sich links als untrainierter Einsteiger, Gelegenheitssportler oder Fortgeschrittener ein und suchen die Zeile mit dem dazu passenden BMI. Wenn Sie nach rechts gehen, zeigt Ihnen der Farbbalken, mit welcher Sportart Sie idealerweise einsteigen. Ein Gelegenheitssportler mit BMI 27–29 kann zum Beispiel mit Walking beginnen, wäre aber auch gut beim Nordic Walking aufgehoben. Fortgeschrittene mit einem BMI unter 27 dagegen liegen beim Nordic Walking völlig richtig, können aber auch mit Walking oder gegebenenfalls mit leichtem Lauftraining einsteigen.

Trainingstyp	Body Mass Index	Walking	Nordic Walking	Laufen
Untrainierte Einsteiger	BMI ≥ 30	■■■■	■■□□	□□□□
	BMI 27–29	■■■■	■■□□	□□□□
	BMI ‹ 27	■■■■	■■□□	□□□□
Gelegenheitssportler	BMI ≥ 30	□■■■	■■■■	□□□□
	BMI 27–29	□■■■	■■■■	□□□□
	BMI ‹ 27	□□■■	■■■■	■□□□
Fortgeschrittene	BMI ≥ 30	□□□■	■■■■	□□□□
	BMI 27–29	□□□■	■■■■	□□□□
	BMI ‹ 27	□□□■	■■■■	■■□□

Neueste Erkenntnisse

Vielleicht wundern Sie sich, dass wir je nach Körpergewicht keine Unterscheidung zwischen Walking und Nordic Walking machen. Das liegt daran, dass es beim Nordic Walking entgegen aller Werbeaussagen gegenüber dem einfachen Walking zu keiner Entlastung der Gelenke kommt, wie das Institut für Prävention und Nachsorge (IPN) im Jahr 2004 erstmals nachweisen konnte. Diese Erkenntnis wird verständlich, wenn man berücksichtigt, dass bei einer korrekten Bewegungstechnik der Stockeinsatz weit hinter dem Körper, diagonal zum Aufsetzen des Fußes verläuft und daher nicht im Sinne einer senkrechten Entlastung wirken kann.
Allerdings profitieren Sie mit steigender Trainingserfahrung vom Nordic Walking, da diese Sportart intensiver durchgeführt werden kann als Walking und dabei entsprechend mehr Kalorien verbrannt werden. Es soll an dieser Stelle aber auch nicht verschwiegen werden, dass beim Laufen die meisten Kalorien verbrannt werden. Allerdings ist Joggen aufgrund der fast doppelt so hohen Gelenkbelastung nur für Personen mit normalem oder nur leicht erhöhtem Körpergewicht geeignet, die außerdem bereits über eine ausreichende Grundlagen-Fitness verfügen und keine bestehenden Probleme mit den Gelenken haben.

Alternativen für drinnen: Indoor-Ausdauertraining

Wer sein Ausdauertraining aus irgendeinem Grund lieber »indoor« als draußen in der Natur absolvieren möchte, für den bieten sich eine Reihe unterschiedlicher Geräte an. Dazu gehören beispielsweise Fahrradergometer, Stepptrainer, Laufbänder oder Crosstrainer. Eine interessante Alternative zum Outdoor-Training ist natürlich auch immer die Bewegung im Wasser.

Indoor-Alternative 1: der Crosstrainer

Besonders empfehlen können wir die so genannten Crosstrainer. Bei ihnen kommen – ähnlich wie beim Nordic Walking – zahlreiche Muskeln in aufrechter Körperhaltung zum Einsatz. Dadurch ergibt sich ein ideales und gelenkschonendes Ganzkörpertraining. Die diagonalen Bewegungsabläufe in aufrechter Körperhaltung sind vor allem für »Sitzmenschen« ein guter Ausgleich – übrigens auch zwischendurch.

Indoor-Alternative 2: Aquatraining

Optimale Gelenkschonung und einen gleichzeitig hohen Kalorienumsatz bietet das Training im Wasser. Das haben inzwischen sowohl Anbieter als auch Fitness-Interessierte erkannt, sodass das Angebot in den letzten Jahren deutlich umfangreicher geworden ist. Aquatraining (Workouts im Wasser) und Aquajogging gehören heute zu den Standards der Anbieter. Gerade bei deutlichem Übergewicht ermöglichen diese Aktivitäten einen optimalen Einstieg, da die Gefahr einer Gelenküberlastung im Wasser komplett wegfällt. Besonders effektiv ist das Aquajogging (im tiefen Wasser), bei dem der Kalorienverbrauch in etwa so groß ausfällt wie beim Schwimmen.

Wie oft und wie lange trainieren?

Aus gesundheitlicher Sicht sind zwei bis drei Ausdauer-Trainingseinheiten über die Woche verteilt optimal. Wenn Sie zusätzlich unser Krafttraining durchführen (siehe dazu Seite 98), kommen Sie mit zwei Ausdauer-Einheiten aus. Die Trainingsdauer richtet sich nach Ihrem Ausgangsniveau und Ihren Trainingszielen: Im Power-Plan starten wir mit 25 Minuten und steigern uns im Verlauf der vier Wochen auf bis zu 60 Minuten.

Ermitteln Sie Ihre Trainingspulsfrequenz

Das Gelingen des Ausdauertrainings steht und fällt mit der richtigen Ermittlung der individuellen Trainingspulsfrequenz. Darunter versteht man die Anzahl der Pulsschläge pro Minute, mit der Sie trainieren sollten. Wer seinen Trainingspuls korrekt bestimmt und diesen konsequent nutzt, um die Intensität seines Trainings zu steuern, erzielt die besten Trainingseffekte und vermeidet Überforderungen des Herz-Kreislauf-Systems. Ideal zur Kontrolle sind Pulsuhren, die es heute zu erschwinglichen Preisen in allen Sportgeschäften gibt.

Da das Verhalten der Pulsfrequenz von Mensch zu Mensch erheblich variiert, sind grobe Faustregeln hier nicht zu empfehlen. Viel sinnvoller ist es, wenn Sie die Trainingspulsfrequenz anhand der unten stehenden Tabelle bestimmen. Dabei werden individuelle Angaben wie Ruhepuls, Trainingszustand und Alter berücksichtigt.

Zusätzlich sollten Sie darauf achten, dass Sie während des Sports nicht außer Atem geraten. Hier hat sich der »Schwätzchen-Check« bewährt: Wenn Sie sich beim Ausdauertraining noch ohne Probleme unterhalten könn(t)en, liegt Ihre Pulsfrequenz garantiert nicht zu hoch.

Die optimale Trainingspulsfrequenz

Untrainierte suchen in der Tabelle einfach ihr Alter und ihre Pulsschläge pro Minute im Ruhezustand. So gelangen Sie zu Ihrer optimalen Trainingspulsfrequenz. Wer bereits regelmäßig trainiert, kann fünf Schläge dazuaddieren.

Ruhe-Herzfrequenz*	Unter 30 Jahre	30–39 Jahre	40–49 Jahre	50–59 Jahre	Über 59 Jahre
50–59	140	135	125	120	115
60–69	145	135	130	125	120
70–79	145	140	135	130	125
› 79	150	145	140	130	125

* Ein Tipp zur Bestimmung der Ruhe-Herzfrequenz: Messen Sie an drei aufeinander folgenden Tagen morgens noch im Bett Ihre Pulsschläge pro Minute. Der Mittelwert der drei Messungen entspricht Ihrer Ruhe-Herzfrequenz.

Warm-up & Cool-down: optimal vorbereitet

Wie der Motor eines Autos braucht auch Ihr Körper eine gewisse Anlaufphase, bis er »warm wird« und optimale Leistung bringen kann. Starten Sie also bitte nicht von Null auf Hundert, sondern bereiten Sie Ihren Organismus nach und nach auf die bevorstehende Beanspruchung vor. Dabei gilt: Je weniger trainingserfahren und je älter Sie sind, umso wichtiger wird das Aufwärmen. So vermeiden Sie Überbeanspruchungen – das gilt sowohl für den Bewegungsapparat (Sehnen, Bänder, Muskeln und Gelenke) als auch für das Herz-Kreislauf-System.

Warm-up = Kaltstart vermeiden

Beginnen Sie Ihr Training konsequent mit einem Warm-up. Dabei bringen Sie Ihr Herz-Kreislauf-System allmählich auf Touren (etwa durch zügiges Gehen), bis der Puls und die Körpertemperatur leicht ansteigen. Darauf sollten einige gymnastische Übungen zur Mobilisation der großen Gelenke (beispielsweise Recken und Strecken, Hüftkreisen oder Ähnliches) sowie einige Dehnübungen folgen. Planen Sie das fünfminütige Warm-up unbedingt in Ihren Power-Bewegungstag ein. Die auf der nächsten Seite vorgestellten Übungen sind so einfach, dass sie sich auch zwischendurch überall durchführen lassen.

Sanftes Dehnen – ja bitte!

Bei allen kontroversen Diskussionen, die es zur Zeit darüber gibt – wir beantworten die Frage, ob Dehnen überhaupt Sinn macht, mit einem eindeutigen Ja. Denn nach wie vor steht fest, dass gezielte Dehnübungen die Beweglichkeit fördern, und genau das möchten wir erreichen!

Gehaltenes oder statisches Dehnen

In der Praxis haben sich unterschiedliche Dehntechniken bewährt, die individuell auch unterschiedlich wirksam sein können. Beim gehaltenen (= statischen) Dehnen bewegen Sie sich langsam und kontrolliert in eine Position, bis ein deutliches Dehngefühl – allerdings kein Schmerz! – zu spüren ist. Anschließend sollten Sie am besten in dieser Position einige Sekunden verharren und in den zu dehnenden Muskel »hineinhorchen«. Sobald Sie merken, dass der Dehnreiz nachlässt, können Sie die Bewegung vorsichtig steigern, bis das ursprüngliche Spannungsgefühl wieder einsetzt. Auf diese Weise arbeiten Sie sich allmählich in die Dehnung hinein und verbessern so langfristig Ihre Beweglichkeit.
Der entscheidende Vorteil dieser statischen Dehntechnik liegt vor allem darin, dass Verletzungen beim Dehnen nahezu ausgeschlossen sind.

Dynamisches Dehnen

Hierbei wird der Muskel durch sanftes Wippen gedehnt. Das Wippen erfolgt jedoch stets kontrolliert und hat deshalb nichts gemeinsam mit einer zu recht kritisierten, veralteten »Zerrgymnastik«. Beim dynamischen Dehnen wird der Muskel vielmehr ohne Schwung stets unterhalb der Schmerzgrenze gefordert. Andernfalls kann sich der Muskel mit einer Schutzreaktion zusammenziehen – und es kommt im schlimmsten Fall sogar zu Verletzungen. Die Vorteile des dynamischen Dehnens gegenüber dem statischen sind, dass der Muskel weniger an Grundspannung verliert, was später beim Training der Leistungsfähigkeit zugute kommt. Außerdem ergeben sich durch das dynamische Dehnen nach dem Sport etwas günstigere Bedingungen, da die Durchblutung weniger als bei gehaltenen Dehnübungen beeinträchtigt wird. So kann die Regeneration schneller einsetzen.

WARM-UP-ÜBUNGEN

Erwärmung

Vor dem Muskeltraining etwa 1 Minute mit betontem Abdrücken der Füße auf der Stelle gehen. Beim Ausdauertraining außerdem die ersten Minuten des Trainings mit deutlich reduzierter Geschwindigkeit starten.

Lockerung

8er Schwingen: Auf einem Bein stehend mit dem anderen Bein eine liegende Acht über dem Boden schwingen. Nach 5 bis 7 »Achten« das Bein wechseln.
Hüftkreisen: Im stabilen Stand die Hüfte etwa 1 Minute kreisen lassen – mal in kleinen, dann in größeren Kreisen. Beine und Schulterachse bleiben dabei möglichst unbeteiligt.
Doppelstockschub: Beide Arme neben dem Körper vor und zurückschwingen, dabei leicht in die Knie gehen und wieder aufrichten (ähnlich dem Doppelstockschub beim Skilanglauf). Dauer etwa 1 Minute.

Dehnung

Beinrückseite: Ein Bein gestreckt mit der Ferse etwas erhöht aufsetzen, etwa auf eine niedrige Stufe. Zur Dehnung den geraden Oberkörper allmählich über das zu dehnende, gestreckte Bein vorlagern.
Oberschenkelvorderseite: Ein Bein mit der Ferse zum Po ziehen. Dann dosiert das Knie nach unten-hinten ziehen. Nicht mit dem Knie nach außen ausweichen und nicht ins Hohlkreuz fallen. Bei Bedarf seitlich Halt suchen. 1
Wade: Vor dem Körper Halt suchen. Ein Bein gestreckt nach hinten stellen, die Fußspitze zeigt nach vorn. Zur Dehnung allmählich das Gewicht nach vorn verlagern, der Fuß behält dabei vollständigen Bodenkontakt.
Brustmuskulatur: Den Arm über Schulterhöhe seitlich fixieren, etwa an einem Türrahmen. Zur Dehnung den Oberkörper dosiert auswärts drehen. Die Handfläche zeigt nach oben; nicht mit der Schulter ausweichen. 2

COOL-DOWN – FÜR DIE MINUTEN DANACH

Wenn Sie Ihr Pensum stolz hinter sich gebracht haben, sollten Sie das Training nicht etwa abrupt abbrechen, sondern langsam ausklingen lassen. Das Cool-down verläuft in umgekehrter Reihenfolge wie das Aufwärmen, indem der Körper sich nun von der Belastung auf Erholung umstellt. Je besser diese Umstellung funktioniert, umso effektiver kann auch die anschließende Regenerationsphase ablaufen. Und genau das fördert wiederum den Trainingseffekt. Außerdem kommt es durch ein gezieltes Cool-down zu einer schnelleren Beruhigung des vegetativen (unwillkürlichen) Nervensystems nach dem Sport. Das ist vor allem von Vorteil, wenn das Training am Abend stattfindet: Möglicherweise sind Sie sonst nach Ihrer Bewegungseinheit so aufgedreht, dass Sie nicht in den Schlaf finden.

Cool-down-Tipps

Beim Ausdauertraining sollten Sie die letzten Minuten ein bis zwei Gänge zurückschalten.
Nach dem Muskeltraining folgen zuerst die Warm-up-Übungen (siehe links), dann die Dehnübungen.
Die Stufenlagerung ist unser zusätzlicher Tipp für zu Hause oder im Fitnessstudio: Stellen Sie sich einen Hocker bereit, auf dem Sie in Rückenlage Ihre Unterschenkel ablegen. Diese sollten so hoch liegen, dass Ihr Steißbein leicht vom Boden abhebt. In dieser Position werden Ihre Bandscheiben im Bereich der Lendenwirbelsäule optimal entlastet. Bleiben Sie einige Atemzüge lang in der wohltuenden Haltung.

Ihre Oberschenkelvorderseite freut sich über die wohltuende Dehnung. Diese bereitet die Muskeln optimal aufs Training vor.

Die Dehnübung für die Brustmuskulatur sorgt für eine gute Körperhaltung. Deshalb auch im Alltag einsetzen!

Übung 1 Beckenheben vom Boden

Beteiligte Hauptmuskelgruppen: Beinbeuger, Gesäßmuskeln, Rückenmuskulatur
Und so geht's: In Rückenlage die Beine anwickeln und die Fersen aufsetzen. Heben Sie mit eingezogenem Bauchnabel das Becken so weit an, dass es mit den Oberschenkeln und dem Oberkörper eine Linie bildet. Anschließend wieder bis kurz vor dem Boden absenken.
Wichtig: Bewegung langsam und kontrolliert ausführen. Nicht ins Hohlkreuz ausweichen, Bauchmuskeln und Beckenboden anspannen.

* **Variante für Fortgeschrittene:** Fixieren Sie einen Overball oder eine Handtuchrolle mit den Fußsohlen. Dadurch steigern Sie die Wirkung der Übung. Variante: den Ball zwischen den Knien fixieren.

Übung 2 Bein-Seitheben aus Bankstellung

Beteiligte Hauptmuskelgruppen: Muskeln der Oberschenkelaußenseite, Gesäßmuskeln, Rückenstrecker
Und so geht's: Aus dem Kniestand in Bankstellung gehen: Die Arme aufstützen und den geraden Rücken gleichmäßig auf Armen und Beinen abstützen. Abwechselnd ein Bein rechtwinklig in einer bogenförmigen Bewegung in kleinem Radius seitlich heben und senken.
Wichtig: Während der Bewegung unbedingt die Pomuskulatur fest anspannen und das Becken stabil halten.

* **Variante für Fortgeschrittene:** Fixieren Sie den Overball oder die Handtuchrolle in der Kniekehle des aktiven Beines. Dadurch erhöht sich die Spannung im Bereich der Beinbeugemuskulatur, was sich auf Abduktoren-, Gesäß- und Rückenmuskulatur überträgt.

* Variante für Fortgeschrittene

Übung 3 Beckenheben aus Rückenlage

Beteiligte Hauptmuskelgruppen: gerade, quere und schräge Bauchmuskulatur

Und so geht's: In Rückenlage die Beine angewinkelt anheben. Die Knie ein wenig in Richtung Brust führen. Die Fußspitzen dabei zum Körper ziehen. Die Arme liegen seitlich neben dem Körper und geben Stabilität. Die Bauchmuskeln anspannen und das Becken ohne Schwung anheben. Etwa 2 Sekunden halten und langsam wieder absinken lassen.

Wichtig: Die Bewegung soll in kleinen Bewegungsradien verlaufen. Daher besonders konzentriert durchführen.

* **Variante für Fortgeschrittene:** Fixieren Sie den Overball zwischen den Knien. Bei gleichmäßigem, dosiertem Druck die Muskeln der Oberschenkelinnenseite und die Beckenbodenmuskeln aktivieren. Die Spannung überträgt sich auf die Bauchmuskeln und erhöht die Intensität.

Übung 4 Hüftstrecken in Bauchlage

Beteiligte Hauptmuskelgruppen: Gesäßmuskulatur, Beinbeuger, Rückenstrecker der Lendenwirbelsäule

Und so geht's: Legen Sie sich auf den Bauch. Unterlagern Sie Ihr Becken mit einem zusammengerollten Handtuch. Ein Bein im 90-Grad-Winkel beugen und mit der Fußsohle voran langsam in Richtung Decke schieben. Das Bein wieder zurück bis unmittelbar vor den Boden bewegen.

Wichtig: Auch hier erfolgt die Bewegung in kleinen Radien. Führen Sie die Bewegungen umso konzentrierter aus.

* **Variante für Fortgeschrittene:** Fixieren Sie den Overball in der Kniekehle des aktiven Beins. Durch den nötigen Druck des Unterschenkels ergibt sich eine höhere Muskelspannung in der Beinrückseite, die sich auf die Gesäß- und Rückenmuskulatur überträgt.

Übung 5 Diagonales Strecken aus Bankstellung

Beteiligte Hauptmuskelgruppen: gesamte Rückenmuskulatur, Gesäßmuskulatur, Bauchmuskulatur
Und so geht's: Aus dem Kniestand in Bankstellung gehen. Dafür die Arme aufstützen und den geraden Rücken gleichmäßig auf Armen und Beinen abstützen. Ein Bein und einen Arm diagonal in Verlängerung des Rückens anheben. Zurück in die Ausgangsposition gehen, die Seite wechseln.
Wichtig: Den Rumpf in einer Linie halten; nicht ins Hohlkreuz ausweichen. Auf eine ausbalancierte Haltung achten.

* **Variante für Fortgeschrittene:** Führen Sie den Ball unter das Knie des stützenden Beines. Durch diesen instabilen Untergrund wird die stützende Muskulatur erheblich mehr gefordert. Das macht die Übung in Sachen Koordination deutlich anspruchsvoller.

* Variante für Fortgeschrittene

Übung 6 Beine-Seitneigen aus Rückenlage

Beteiligte Hauptmuskelgruppen: schräge, gerade und quere Bauchmuskulatur
Und so geht's: Legen Sie sich auf den Rücken und heben Sie die Beine rechtwinklig gebeugt an. Die Ellbogen liegen etwas vom Körper abgespreizt auf dem Boden und geben Halt. Die gebeugten Beine mit den Knien voran im Bogen zur Seite bis kurz vor den Boden führen. Ohne Schwung zurück in die Ausgangsposition gehen und die Übung zur anderen Seite ausführen.
Wichtig: Die Bewegung langsam unter betonter Bauchmuskelspannung durchführen.

* **Variante für Fortgeschrittene:** Den Ball zwischen den Knien fixieren. Durch dosierten Druck die Adduktorenmuskeln anspannen. So wird die Übung für die gesamte Bauchmuskulatur noch wirksamer.

Übung 7 Diagonales Seitstrecken aus Bankstellung

Beteiligte Hauptmuskelgruppen: Abduktoren- und Gesäßmuskulatur, Rückenstrecker und Schulterblattmuskulatur

Und so geht's: Aus dem Kniestand in Bankstellung gehen: Dafür die Arme aufstützen und den geraden Rücken gleichmäßig auf Armen und Beinen abstützen. Ein Bein und den gegenüberliegenden Arm gestreckt zur Seite abspreizen. Zurück in die Ausgangsposition gehen, die Seite wechseln.

Wichtig: Das Becken stabil halten, es soll sich nicht mitbewegen. Auf eine stabile, kontrollierte Rumpfposition achten.

* **Variante für Fortgeschrittene:** Nehmen Sie den Ball als Auflage für den stützenden Unterarm. Das erschwert die Stabilisierung des Oberkörpers und des Rumpfes, was wiederum die beteiligten Muskeln verstärkt aktiviert.

Übung 8 Rückenstrecken aus Bauchlage

Beteiligte Hauptmuskelgruppen: Rückenstrecker der Lendenwirbelsäule, Schulterblatt- und Nackenmuskulatur

Und so geht's: Legen Sie sich auf den Bauch. Unterlagern Sie Ihr Becken mit einem zusammengerollten Handtuch. Spannen Sie die Gesäßmuskeln betont an und heben Sie nun Ellbogen, Schultern und Kopf minimal vom Boden an. Halten Sie die Position 2–3 Atemzüge.

Wichtig: Darauf achten, dass das Becken stabil bleibt; nicht ins Hohlkreuz ausweichen.

* **Variante für Fortgeschrittene:** Nehmen Sie den Ball mit den Händen (dabei sind die Ellbogen angehoben) in den Nacken. Durch den dosierten Druck der Hände erhöhen Sie die Spannung insbesondere der Muskeln, die das Schulterblatt stabilisieren – tut vor allem »Sitzmenschen« gut.

* Variante für Fortgeschrittene

Übung 9 Squats

Beteiligte Hauptmuskelgruppen: gesamte Beinmuskulatur, Gesäß- und Rückenmuskulatur

Und so geht's: Ihre Füße sind im Stehen schulterbreit leicht nach außen gedreht, die Knie etwas gebeugt. Der Oberkörper ist gerade und leicht nach vorn gekippt. Mit dem Gesäß voran den Körper absenken, bis die Knie noch nicht ganz rechtwinklig gebeugt sind (Kniewinkel ca. 100 Grad). Danach langsam in die Ausgangsposition zurückkehren.

Wichtig: Den Rücken betont gerade halten; nicht mit den Knien nach vorn ausweichen.

* **Variante für Fortgeschrittene:** Nehmen Sie den Overball mit den Händen in den Nacken. Durch den dosierten Druck der Hände erhöhen Sie die Spannung im Schulter-Nacken- und Rückenbereich. Dadurch werden diese Muskeln stärker aktiviert.

Übung 10 Hüftstrecken aus Bankstellung

Beteiligte Hauptmuskelgruppen: Beinbeuge- und Gesäßmuskulatur, Rückenstrecker

Und so geht's: Aus dem Kniestand in die Bankstellung gehen: Die Arme aufstützen, den Po anheben und den geraden Rücken gleichmäßig auf Armen und Beinen abstützen. Ein Bein bei rechtwinklig gebeugtem Kniegelenk in Verlängerung des Rückens anheben. Das Bein mit der Fußsohle voran in kleinen Radien heben und senken.

Wichtig: Die Bewegung langsam und mit betonter Beckenkontrolle ausführen. Nicht ins Hohlkreuz ausweichen.

* **Variante für Fortgeschrittene:** Den Overball in der Kniekehle fixieren. Dadurch erhöht sich die Spannung der Beinbeugemuskulatur, wodurch Gesäßmuskeln und die Rückenmuskeln der Lendenwirbelsäule stärker aktiviert werden.

Übung 11 Bein anziehen in Seitlage

Beteiligte Hauptmuskelgruppen: Muskulatur der Oberschenkelinnenseite (Adduktoren)
Und so geht's: Legen Sie sich auf die Seite, wobei der obere Arm und das obere Bein vor dem Körper als Stütze wirken. Das obere Knie mit einem zusammengerollten Handtuch unterlagern. Das untere Bein bei leicht angezogener Fußspitze gestreckt nach oben anheben und in kleinen Radien heben und senken.
Wichtig: Langsame, kontrollierte Bewegungen; die Fußspitze zeigt stets nach vorn.

* **Variante für Fortgeschrittene:** Unterlagern Sie den Fuß des stützenden Beines mit dem Ball. Sie aktivieren durch den dosierten Druck auf den Ball auch die Adduktorenmuskulatur des stützenden Beines und stabilisieren die Ausgangsposition.

Übung 12 Bein abspreizen aus Seitlage

Beteiligte Hauptmuskelgruppen: Muskulatur der Oberschenkelaußenseite (Abduktoren)
Und so geht's: Legen Sie sich mit leicht angewinkelten Beinen auf die Seite und stützen Sie den Kopf bequem mit der Hand ab. Spreizen Sie nun das obere Bein bei etwas angezogener Fußspitze ab und führen Sie es wieder zurück.
Wichtig: Das Becken stabil halten; die Fußspitze zeigt stets nach vorn.

* **Variante für Fortgeschrittene:** Halten Sie den Ball mit der oberen Hand auf dem Oberschenkel des oberen Beines. Erhöhen Sie durch dosierten Druck auf den Ball den Widerstand gegen die Abspreizbewegung. Sie können damit die Intensität der Übung jederzeit erhöhen oder reduzieren.

Übung 13 Bankstellung invers

Beteiligte Hauptmuskelgruppen: Beinbeuger, Gesäß- und Rückenmuskulatur

Und so geht's: In Rückenlage die Beine im 90-Grad-Winkel beugen, die Füße mit den Fersen aufsetzen. Den Oberkörper auf den Unterarmen gleichmäßig abstützen. Den Bauchnabel einziehen, den Beckenboden anspannen und den Bauch mit dem Becken voran langsam anheben, bis dieses mit Beinen und Oberkörper eine Linie bildet. Langsam wieder unmittelbar über den Boden absenken und wiederholen.

Wichtig: Den Kopf unbedingt in Verlängerung des Rückens halten (mit Blickrichtung nach oben).

* **Variante für Fortgeschrittene:** Fixieren Sie den Ball zwischen den Knien. Aktivieren Sie durch dosierten Druck zusätzlich die Adduktorenmuskeln.

Übung 14 Diagonaler Crunch

Beteiligte Hauptmuskelgruppen: Schräge, gerade und quere Bauchmuskulatur, Hüftbeuger

Und so geht's: In Rückenlage die Beine im 90-Grad-Winkel beugen und anheben. Die Hände seitlich an den Kopf legen. Den Oberkörper aufrichten und dabei leicht eindrehen, sodass sich Ellbogen und Knie über Kreuz annähern. Zurück in die Ausgangsposition, ohne den Kopf anzuheben und ohne den Oberkörper komplett abzulegen.

Wichtig: Ihr Kopf ruht locker in den Händen in Verlängerung des Rückens; nicht nach vorn ziehen!

* **Variante für Fortgeschrittene:** Fixieren Sie den Ball zwischen den Knien. Dadurch wird die Adduktorenmuskulatur angespannt, was den Trainingseffekt der Grundübung erhöht.

Übung 15 Hochdrücken im Seitstütz

Beteiligte Hauptmuskelgruppen: seitliche Rumpfmuskulatur, Adduktoren
Und so geht's: Legen Sie sich auf die Seite und stützen Sie sich auf dem Unterarm, sodass das obere Bein und der Oberkörper zunächst eine Linie bilden. Der Unterarm ist unterhalb der Schulter, das untere Bein stabilisiert das Gleichgewicht. Heben Sie den Körper aus dieser Position mit der Hüfte voran an. Dann wieder bis kurz vor den Boden absenken.
Wichtig: Den Körper von oben betrachtet stets in einer Linie bewegen.

* **Variante für Fortgeschrittene:** Platzieren Sie den Ball unter der Innenseite des Fußes des oberen, stützenden Beines. Dieser instabile Untergrund muss nun von der stabilisierenden Muskulatur ausbalanciert werden.

Übung 16 Halber Liegestütz

Beteiligte Hauptmuskelgruppen: Armstreckmuskulatur, Brust- und Schultermuskulatur
Und so geht's: In Bauchlage den Oberkörper gleichmäßig auf Armen und angewinkelten Beinen abstützen. Die Arme beugen und den geraden Rumpf bis unmittelbar vor den Boden absinken lassen. Dann wieder hochdrücken, ohne die Ellbogen vollständig durchzustrecken.

* **Variante für Fortgeschrittene:** Positionieren Sie den Ball unter den Knien der angewinkelten Beine. Der instabile Untergrund muss nun durch eine erhöhte und gut koordinierte Aktivität aller beteiligten Muskeln ausgeglichen werden.

Bücher, die weiterhelfen

- **Genussvoll essen und abnehmen**
  Adam, O.; Walter Hädecke Verlag, Weil der Stadt

- **Gesund, vital, schlank**
  Pape, D., Schwarz, R., Gillessen, H.; Deutscher Ärzteverlag, Köln
- **Satt, schlank, gesund**
  Pape, D., Schwarz, R., Gillessen, H.; Deutscher Ärzteverlag, Köln

- **Sportmedizin – Grundlagen für Arbeit, Training und Präventivmedizin**
  Hollmann, W., Hettinger, T.; Schattauer, Stuttgart/New York

Bücher aus dem GRÄFE UND UNZER VERLAG, München

- **Bodystyling ab 40**
  Schuhn, J., Trunz-Carlisi, E.
- **Das große GU Laufbuch**
  Buchhorn, Dr. T., Winkler, N.
- **Die große GU Nährwert Kalorien Tabelle**
  Elmadfa, Prof. Dr. I., Aign, W., Muskat, Prof. Dr. E., Fritzsche, D.
- **Gute Fette, schlechte Fette**
  Fritzsche, D., Elmadfa, Prof. Dr. I.
- **Laufen zum Abnehmen**
  Hederer, M.
- **Pilates. Das Fitnesstraining für Körper und Seele**
  Kortes, A.
- **Pilates Box. 40 Übungskarten, Begleitbuch mit Übungsprogrammen**
  Korte, A., Marckhgott, B.
- **Praxisbuch Muskeltraining**
  Trunz-Carlisi, E.
- **Ran an den Bauch!**
  Despeghel, Dr. M., Heufelder, Prof. Dr. A.
- **Schlank im Schlaf. Das Kochbuch**
  Pape, Dr. D., Schwarz, Dr. R., Trunz-Carlisi, E., Heßmann, G., Gillessen, H.
- **Schlank im Schlaf. Die revolutionäre Formel: So nutzen Sie Ihre Bio-Uhr zum Abnehmen**
  Pape, Dr. D., Schwarz, Dr. R., Trunz-Carlisi, E., Gillessen, H.
- **Schlank mit Nordic Walking**
  Schmidt, Dr. M., Winski, N., Helmkamp, A., Weber, B.
- **Walking und sanftes Lauftraining**
  Bös, Prof. Dr. K.
- **Warum Diäten scheitern**
  Brüggemann, G., Hinderberger, S., Ströbele, N.

Adressen & Links, die weiterhelfen

- **Ernährungsmedizin und Adipositas-Konzept**
  Dr. Detlef Pape, Goethestraße 100, 45130 Essen, Tel.: 0201/7 49 55 77, Fax: 0201/7 49 55 93
  www.insulean.de
- **Institut für Prävention und Nachsorge (IPN)**
  Elmar Trunz-Carlisi, Carl-von-Linde-Straße 4, 50999 Köln, Tel.: 02236/39 31-0, Fax: 02236/39 31-39
  www.ipn-online.de
- **Deutsche Gesellschaft für Sportmedizin und Prävention**
  Hugstetter Straße 55, 79106 Freiburg
  www.dgsp.de
- **aid infodienst – Verbraucherschutz, Ernährung, Landwirtschaft e. V.**
  Friedrich-Ebert-Str. 3, 53177 Bonn
  www.aid.de
- **Deutsche Gesellschaft für Ernährung e. V. (DGE)**
  Godesberger Allee 18, 53175 Bonn
  www.dge.de

Weiterführende Infos

- **www.adipositas-gesellschaft.de**
  (Viele Infos zum Thema Abnehmen)
- **www.lipid-liga.de**
  (Prävention und Therapie von Fettstoffwechselstörungen)

Fitness-Equipment

- **www.dehag.de**
  (Aquafitness)
- **www.cardiofitness.de**
  (Fitnessgeräte)
- **www.sport-tec.de**
  (Overball)

Personal Trainer

- **www.personaltrainer.de**
- **www.personal-trainer-network.de**
- **www.personalfitness.de**

Sachregister

Rezeptregister

Fit & schlank – so gelingt's

Unsere Bestseller für ein schlankes Leben

ISBN 978-3-7742-8779-2
192 Seiten | 19,90 € [D]

ISBN 978-3-8338-0765-7
144 Seiten | 14,90 € [D]

Änderungen und Irrtum vorbehalten.

Das Erfolgskonzept:

Garantiert satt – mit der Insulin-Trennkost
Aktiv und fit – mit dem Training nach Plan
Dauerhaft schlank – abnehmen im Takt der Bio-Uhr

GU

Willkommen im Leben.

Impressum

© 2007 GRÄFE UND UNZER VERLAG GmbH, München.

Alle Rechte vorbehalten. Nachdruck, auch auszugsweise, sowie Verbreitung durch Film, Funk, Fernsehen und Internet, durch fotomechanische Wiedergabe, Tonträger und Datenverarbeitungssysteme jeder Art nur mit schriftlicher Genehmigung des Verlages.

Programmleitung: Ulrich Ehrlenspiel

Redaktion: Silvia Herzog

Lektorat: Barbara Kohl

Bildredaktion: Henrike Schechter

Layout und Umschlag: independent Medien-Design, München (Claudia Hautkappe)

Herstellung: Susanne Mühldorfer

Satz: Filmsatz Schröter, München

Lithos: Fotolito Longo, Bozen

Druck: Firmengruppe APPL, aprinta druck, Wemding

Bindung: Firmengruppe APPL, sellier druck, Freising

ISBN 978-3-8338-0763-3

3. Auflage 2007

Die GU-Homepage finden Sie im Internet unter www.gu-online.de

Umwelthinweis

Dieses Buch wurde auf chlorfrei gebleichtem Papier gedruckt. Um Rohstoffe zu sparen, wurde auf die Folienverpackung verzichtet.

Fotoproduktion

Fotos mit Geschmack, München (Food);
Tom Roch, München (People)

Weitere Fotos

Corbis: U1 (Frau), S. 2, 6, 9, 19; Creatas: U1 (Wasserball); Getty: S. 14, 51; GU: U2 (Deutscher Infografikdienst); IFA: S. 12; Jump: S. 67; Photo Disc: U1 (Object Series: Tomate, Tennisball), S. 83; Privat: S. 5; Stockfood: U1 (Apfel).

Wichtiger Hinweis

Die Gedanken, Methoden und Anregungen in diesem Buch wurden nach bestem Wissen erstellt und mit größtmöglicher Sorgfalt überprüft. Sie bieten jedoch keinen Ersatz für kompetenten medizinischen Rat. Jede Leserin, jeder Leser sollte für das eigene Tun und Lassen auch weiterhin selbst verantwortlich sein. Weder Autoren noch Verlag können für eventuelle Nachteile oder Schäden, die aus den im Buch gegebenen praktischen Hinweisen resultieren, eine Haftung übernehmen.

Dank

Ein Dankeschön für die freundliche Unterstützung bei der Fotoproduktion an Sport-Tec (für den Overball) in Münchweiler und Sport Scheck in München.

Herzlich danken möchten wir Sabine Threimer, einer aus der Sterne-Gastronomie entsprungenen Rezeptautorin mit viel Sinn für Geschmack und Optik. Sie entwickelte die köstlichen Rezepte für dieses Buch und hat damit großen Anteil an seinem Entstehen.

GRÄFE UND UNZER

Ein Unternehmen der
GANSKE VERLAGSGRUPPE

100 JAHRE GANSKE VERLAGSGRUPPE

DAS ORIGINAL GU MIT GARANTIE

Das Original mit Garantie

Ihre Meinung ist uns wichtig. Deshalb möchten wir Ihre Kritik, gerne aber auch Ihr Lob erfahren. Um als führender Ratgeberverlag für Sie noch besser zu werden. Darum: schreiben Sie uns! Wir freuen uns auf Ihre Post und wünschen Ihnen viel Spaß mit Ihrem GU-Ratgeber.

Unsere Garantie: Sollte ein GU-Ratgeber einmal einen Fehler enthalten, schicken Sie uns das Buch mit einem kleinen Hinweis und der Quittung innerhalb von sechs Monaten nach dem Kauf zurück. Wir tauschen Ihnen den GU-Ratgeber gegen einen anderen zum gleichen oder ähnlichen Thema um.

GRÄFE UND UNZER VERLAG
Redaktion Körper & Seele
Postfach 860325
81630 München
Fax: 089/41981-113
e-mail:
leserservice@graefe-und-unzer.de